Leão Tolstói

Coleção Elos
Dirigida por J. Guinsburg

Equipe de realização — Produção e Revisão: Plínio Martins Filho; Programação visual: A. Lizárraga.

Máximo Górki

Leão Tolstói

Tradução de Rubens Pereira dos Santos

EDITORA PERSPECTIVA

Títulos originais dos estudos:

O texto de Gorki foi traduzido de M. Gorki, *Sobrânie sotchinienii* (obras reunidas), Moscou, Goslitzdat (Editora Estatal de Obras Literárias), 1951.

Os dois ensaios de Boris Eichenbaum figuram em seu livro *Skvoz Litieratúru* (Através da Literatura), Leningrado, Editora Academia, 1924.

Direitos reservados à
EDITORA PERSPECTIVA S.A.
Av. Brigadeiro Luís Antônio, 3025
01401 – São Paulo – Brasil
Telefone: (011) 288-8388
1983

SUMÁRIO

Prefácio – *Boris Schnaiderman* 9
1. Leão Tolstói – *Máximo Gorki* 13
2. Sobre Leão Tolstói – *Boris Eichenbaum* 81
3. Sobre as Crises de Leão Tolstói – *Boris Eichenbaum* . . 87

À
Regina,
Glauco,
Ivan e
Iara.

Aos meus amigos.

AGRADECIMENTO

Quero agradecer
ao meu grande amigo
Finéas David Viana
pela dedicada colaboração
e ao Professor Boris Schnaiderman
pela orientação segura.

PREFÁCIO

As reminiscências de Górki sobre Tolstói, traduzidas do russo por Rubens Pereira dos Santos, juntamente com dois textos de Boris Eichenbaum (do Formalismo Russo) com elas relacionadas, e incluídas neste livro[1], colocam diante de nós uma série de problemas candentes. É muito significativo o simples fato de que, em lugar do velho asceta que se vê em tantos retratos a óleo, de alguém que se expressasse bem de acordo com a pregação que nos deixou, surja ali uma personalidade com algo demoníaco, consciente da atração do pecado, um Tolstói completamente diverso das hagiografias escritas pelos seus seguidores e que continuaram saindo muitos anos após a sua morte, mas consentâneo com muitas de suas páginas da velhice.

Não foi por acaso que estas recordações deixaram um traço fundo na literatura. Thomas Mann considerava-as como

---

1. Estas traduções fazem parte da dissertação de Mestrado de Rubens Pereira dos Santos, defendida na USP, com o título: *As reminiscências de Górki sobre Tolstói como obra crítica.*

o escrito mais importante de Górki, não obstante as suas escassas cinqüenta páginas (leia-se o belo ensaio *Goethe e Tolstói* de Mann). Kafka tinha por elas um grande apreço. Ademais, serviram de tema de reflexão para o crítico Boris Eichenbaum, que via nesse texto a confirmação de um livro de Constantin Leôntiev, que já em 1890 afirmava ter sido a famosa "crise de Tolstói" dos fins da década de 1870, uma crise de artista criador, que se voltava para o popular, para a literatura religiosa, numa atitude ética que não seria diferente de tudo o que pensara até então, de tudo o que escrevera, como conjunto de idéias, mas que adquiria particular veemência devido à busca angustiosa de um meio diferente de expressão: com efeito, chegara um momento em que não adiantava repetir os esquemas do realismo psicológico, o grande escritor esgotara o seu caminho e tinha de buscar outros. "Ele provavelmente adivinhou que não escreveria mais nada, melhor do que *Guerra e Paz* e *Ana Karênina* no *gênero anterior*, no estilo anterior" – dizia Leôntiev.

Retomando as teses de Leôntiev e Eichenbaum, e apoiando-se também no depoimento de Górki, Nina Gourfinkel nos deu em francês um livrinho precioso, *Tolstoï sans tolstoïsme*, de 1946, onde, bem antes da voga francesa de se ligar o estudo do formal na obra de arte à análise de sua ideologia, procura situar Tolstói no processo histórico e social, valendo-se para isso de aguda análise imanente. Tolstói aparece, assim, como o desmascarador e desmistificador por excelência, que exercia este desmascaramento e desmistificação por meio da linguagem, o que dificilmente aparece nas traduções francesas, pois, lembra e exemplifica Nina Gourfinkel, estas quase sempre tornam mais elegante a escrita freqüentemente rude de Tolstói. Diga-se de passagem que esse livro está muito marcado pela época e revela certa ingenuidade em relação à realidade cultural sob o stalinismo, mas isto não diminui em nada o alcance de suas observações sobre a obra tolstoiana.

As reminiscências de Górki marcam uma abordagem lúcida de Tolstói, uma aproximação de sua obra que está desvinculada da aura criada pelos seus seguidores. Dando-nos um Tolstói tão material e humano, tão incisivo e com algo mefistofélico, Górki nos abre um caminho importantíssimo para a compreensão do escritor. Nessas páginas tipicamente impressionistas e biográficas, temos aparentemente o máximo que a crítica impressionista e biográfica pode dar. E ao mesmo tempo, no limite, na faixa máxima de potencialidade, desaparece paradoxalmente o "biográfico", o "impressionista", no sentido que se tem dado a esses termos. Surgem assim páginas de evocação imprescindíveis para quem procura abordar a obra tolstoiana desvinculada de uma tradição filosofante. Não foi por acaso, repita-se, que Eichenbaum se apegou às páginas gorkianas, apego esse que à primeira vista pode parecer estranho.

Mas, depois que nos desvinculamos da "santidade" tolstoiana, depois que o encaramos sem os deslumbramentos pelo tolstoísmo que há, por exemplo, num Romain Rolland, surge mais um paradoxo. O tolstoísmo parece superado. Suas idéias afiguram-se como algo muito próximo da exaltação do "homem natural" por Rousseau. E ao mesmo tempo, sua veemência na defesa de concepções como esta torna-o tão próximo de nossa realidade! Muitos *hippies* da década de 1960 diziam inspirar-se diretamente em Tolstói. E quantos adeptos recentes da contracultura, com todo o seu radicalismo, produziram algo tão violento e desassombrado, ao negar os valores culturais herdados, como o livro *O Que é a Arte?* de Tolstói? Nosso sistema educacional falido, as nossas universidades desvinculadas da vida, o vazio do nosso cotidiano, as nossas cidades monstruosas, como a consciência de todos estes problemas nos aproxima do Tolstói "superado", daquele Tolstói que não era original como pensador, mas que soube imprimir tamanha intensidade a esta recusa da mentira cotidiana! E a sua exaltação do popular, do que estivesse livre do verniz ocidental, como repercute até hoje em tantos países! Segundo Tolstói, todo poder corrompe, e isto o liga diretamente a toda uma reflexão moderna sobre o poder. É interessante, na base desta reflexão, reconsiderar escritos tolstoianos como *O Amo e o Criado* e *Khadji-Murat* ou mesmo certas páginas de *Guerra e Paz*.

Depois de nos termos desvinculado do tolstoísmo, para compreender melhor a grandeza do artista, depois de afirmar que só este nos interessava, temos de voltar a examinar o doutrinador, que colore com seu *pathos* toda a obra tolstoiana. Os caminhos abertos por Górki iluminam vigorosamente uma visão lúcida de Tolstói, mas, depois de nos impregnarmos dela, temos de voltar ao texto do velho mestre. Sua veemência pode parecer-nos estranha, suas opiniões podem estar superadas (quem aceitará hoje em dia, por exemplo, o ascetismo belicoso da *Sonata a Kreutzer?*), mas ele soube indicar com toda a força os males de uma civilização desumana. Concordemos com Górki na condenação, expressa em muitos escritos, da não-resistência ao mal pela força, que se tornaria verdadeira obsessão de Tolstói, mas não deixemos de ouvir esta voz que, em sua aparente insânia (pelo menos nos últimos anos de vida), soube tocar nas chagas mais doloridas e expô-las em plena luz.

Boris Schnaiderman

1. LEÃO TOLSTÓI (POR) MÁXIMO GÓRKI

I

Este livro foi elaborado de uns fragmentos de notas que eu escrevi, quando vivia em Oleiza e Lev Nicoláievitch vivia em Caspra[1], de início doente grave, depois tendo vencido a doença. Eu considerava perdidas estas notas descuidadamente escritas numas folhas soltas, mas recentemente encontrei uma boa parte delas. Depois entra aí uma carta inacabada, que eu escrevi sob a impressão da "partida" de Lev Nicoláievitch de Iásnaia Poliana[2] e de sua morte. Estou publicando a carta sem corrigir nela nenhuma palavra, tal como a escrevi naquele tempo. Não a completo, não sei por que não é possível fazer isso.

ANOTAÇÕES

O pensamento que com mais freqüência o atormenta, percebe-se, é a idéia de Deus. Algumas vezes parece que não é um pensamento, mas sim a resistência tensa a algo que ele

---

1. Nas proximidades de Ialta, Criméia.
2. Na Rússia consagrou-se a expressão "a partida de Tolstói" para designar sua fuga de Iásnaia Poliana antes de morrer.

sente sobre si. Ele fala sobre isto menos do que gostaria de falar, mas pensa sempre. Não é apenas o sintoma da velhice, o pressentimento da morte, não, eu penso que nele isto provém de um maravilhoso orgulho humano. E um pouco de ofensa, porque sendo Leão Tolstói, é insultuoso submeter a sua vontade a um estreptococo qualquer. Se ele fosse um pesquisador de ciências naturais, certamente criaria hipóteses geniais, realizaria grandes descobertas.

II

Ele tem mãos surpreendentemente feias, nodosas devido às veias dilatadas, não obstante, repletas de expressividade peculiar e força criadora. Provavelmente Leonardo da Vinci tinha mãos assim. De tais mãos pode sair tudo. Algumas vezes, conversando, ele move os dedos gradualmente, fecha-os, no punho, depois abre-os de repente e pronuncia ao mesmo tempo uma boa e vigorosa palavra. Ele é parecido com um deus, não com Sabaoth ou um deus do Olimpo, mas um deus russo que "fica sentado no trono de bordo, debaixo de uma tília dourada"; apesar de não ser mais majestoso, é, talvez, mais esperto do que todos os outros deuses.

III

Ele trata Sulerjítzki[3] com uma ternura feminina. Gosta de Tchekhov como um pai, neste amor sente-se o orgulho de um criador, porém Suler desperta nele justamente ternura,

---

3. Leopold A. Sulerjítzki (1872-1916), escritor, pintor e homem de teatro, muito ligado ao Teatro de Arte de Moscou.

um interesse e admiração permanentes, que parecem jamais cansar o feiticeiro. É possível que neste sentimento haja algo de ridículo, como o amor de uma solteirona pelo papagaio, pelo cachorrinho ou pelo gato. Suler é não sei que pássaro deslumbrante e livre, de terras desconhecidas. Uma centena de homens como ele poderia mudar a face e o espírito de uma cidade de província. Eles destruiriam essa face e encheriam o espírito com uma paixão pela desordem violenta e talentosa. É fácil e alegre gostar de Sulerjítzki, quando eu vejo com que displicência as mulheres o tratam, elas me assombram e me irritam. Ademais, por detrás desta negligência talvez se esconda uma hábil prudência. Suler é imprevisível. O que fará ele amanhã? Talvez lance uma bomba ou entre para o coro de cantores de café-concerto. A energia nele dá para três séculos. O fogo da vida nele é tanto, que parece suar chispas, como se fosse ferro em brasa.

Mas uma vez ele irritou-se profundamente com Suler; Leopold tendia para o anarquismo, discorria freqüente e calorosamente sobre a liberdade individual e Lev Nicoláievitch, nessas ocasiões, sempre caçoava dele.

Eu me recordo, Sulerjítzki tirou uma brochura magra do Príncipe Kropótkin e inflamou-se com ela, e o dia todo falou a todos filosofando demolidor.

— Ah, Lióvuchka, pare com isso, já aborreceu! — disse com enfado Lev Nicoláievitch. — Repete como um papagaio sempre a mesma palavra — liberdade, liberdade, mas onde, em que consiste o sentido dela? Se você alcança a liberdade no seu sentido, como imagina que será? No sentido filosófico, é um vazio sem fundo e na vida prática você acabará sendo um mendigo, um preguiçoso. O que ligará você que é livre a seu modo, com a vida, com os homens? Aí tem: os pássaros são livres, mas todos fazem seus ninhos. Você nem começará a tecer o seu ninho, satisfazendo o sentimento sexual ao acaso, como um cão. Pense seriamente, verá e sentirá que, em última instância, a liberdade é o vazio, o ilimitado.

Enfadado, franziu a testa e depois de um curto silêncio, acrescentou mais baixo:

— Cristo era livre, Buda também, e ambos tomaram para si os pecados do mundo e, voluntariamente, foram para o cativeiro da vida terrena. E ninguém foi além disso, ninguém. E você, e nós, como somos? Todos nós procuramos liberdade das obrigações para com o próximo, ainda que justamente o sentimento destas obrigações seja o que nos faz seres humanos, se não existe este sentimento vivemos como feras...

Sorriu com ironia:

— Contudo, agora nós argumentamos como é necessário viver melhor. O resultado disto não é muito, mas já não é tão pouco. Você discute aqui comigo e ficará aborrecido por isso, até que o seu nariz se torne azul, mas não me golpeia, nem me insulta. Se você realmente se sentisse livre, daria cabo de mim e pronto.

E depois de um novo silêncio, acrescentou:

— A liberdade é quando tudo e todos estão de acordo comigo, mas então eu não existo, porque todos nos sentimos unicamente nos conflitos e contradições.

IV

Goldenweiser[4] tocou Chopin, provocando em Lev Nicoláievitch estas idéias:

— Certo reizinho alemão disse: "Quando se quer ter escravos, é preciso compor música em quantidade". Esta é

---

4. O pianista e compositor A. B. Goldenweiser (1875-).

uma idéia correta, uma observação verdadeira: a música embota a inteligência.

Os católicos compreendem isso melhor que todos. Nossos popes certamente não se reconciliam com Mendelssohn na igreja. Um pope de Tula assegurou-me até que Cristo não era judeu, ainda que fosse filho de um deus judeu e sua mãe fosse judia. Isto ele reconheceu, não obstante dizia: "Não pode ser isso!" Eu perguntei: "Mas como é então?" Ele encolheu os ombros e me disse: "Isto para mim é um mistério".

V

"Um intelectual é como o príncipe galiciano Vladímirko; já no século XII ele falava bem 'audaciosamente': 'Em nosso tempo não acontecem milagres'. Desde então passaram seiscentos anos, todos os intelectuais repetem uns aos outros: 'Nada de milagres, nada de milagres'. Mas todo o povo acredita nos milagres, tanto quanto se acreditava no século XII."

VI

— A minoria tem necessidade de Deus porque possui tudo o mais, a maioria porque nada possui.

Eu diria de outra maneira: A maioria acredita em Deus por covardia; só poucos do fundo da alma[5].

---

5. Para evitar erros é necessário dizer que eu considero as obras religiosas como arte: a vida de Cristo, de Buda, de Maomé, são romances fantásticos. (Nota do autor.)

— Você gosta dos contos de Andersen? — perguntou-me pensativo. Eu não os entendi quando eles foram publicados na tradução de Marko Vovchtchók, mas uns dez anos depois apanhei o livrinho, li-o e de repente senti, com muita clareza, que Andersen era muito solitário. Muito. Eu não conheço a sua vida, parece que ele levou vida licenciosa, viajava muito, mas isto só vem confirmar a minha sensação: ele era solitário. Justamente por isso ele se dirigia às crianças, ainda que isto seja um erro, como se as crianças sentissem mais pena de uma pessoa do que os adultos. As crianças de nada se compadecem, elas não sabem ter compaixão.

VII

Recomendou-me o catecismo budista para ler. Ele sempre fala com sentimentalismo de Buda e Cristo; de Cristo, particularmente mal: não há entusiasmo nem *pathos* em suas palavras e não se encontra nem uma centelha de fogo interior. Eu penso que ele considerava Cristo um ingênuo, digno de piedade, ainda assim admira-o às vezes, porém é pouco provável que o ame. E parece recear: "Se Cristo vier a uma aldeia russa, as garotas zombarão dele".

VIII

Hoje esteve lá o Grão-Príncipe Nicolai Mikháilovitch, ao que parece um homem inteligente. Permanecia muito modestamente, pouco falante. Tinha uns olhos simpáticos e bela figura. Gestos calmos. Lev Nicoláievitch sorriu carinhosamente para ele, falou em francês, falou em inglês. Em russo disse:

— Karamzin escreveu para o tzar, Solovióv é longo e fastidioso, e Kliutchévski escrevia para se divertir. É esperto: você o lê, parece que elogia, você pensa melhor, parece que está xingando[6].

Alguém lembrou Zabiélin[7]:

— Muito simpático. Como um amanuense. É um colecionador amador que reúne tudo, o que é e o que não é necessário. Descreve uma comida como se nunca tivesse tido uma refeição completa. Mas é muito, muito divertido.

IX

Ele nos faz lembrar aqueles velhos de bastãozinho que durante toda a vida medem a terra, caminhando milhares de verstas de mosteiro a mosteiro, de relíquia a relíquia, terrivelmente desamparador e estranhos a tudo e a todos. O mundo não é para eles, Deus também não. Rezam a Ele por hábito, mas no íntimo de sua alma odeiam-no: para que correr a terra do começo ao fim, para quê? Os homens são troncos, raízes, pedras do caminho; tropeça-se neles, e às vezes causam dor. Pode-se passar sem eles, mas algumas vezes é agradável surpreender o homem com a diferença em relação a ele, mostrar-lhe a sua discordância dele.

X

"Frederico da Prússia disse muito bem: 'Cada um deve se salvar à sua maneira'. Disse ainda: 'Julguem como quise-

---

6. N. M. Karamzin (1766-1826), historiador e novelista; S. M. Solovióv (1820-1879) e V. O. Kliutchévski (1841-1911), historiadores.

7. L. E. Zabiélin (1820-1908), historiador e arqueólogo.

rem, mas obedeçam'. Porém, quando morria, reconheceu: 'Eu me cansei de governar escravos'. As pessoas consideradas grandes sempre são terrivelmente contraditórias. Isto se perdoa a elas como toda a outra estupidez. Apesar de a contradição não ser estupidez: o imbecil é um teimoso, mas não sabe contradizer. Sim, Frederico era um homem estranho: mereceu a glória do melhor soberano entre os alemães, mas não podia tolerá-los; até não gostava de Goethe nem de Wieland..."

XI

— O romantismo vem do medo de olhar a verdade nos olhos, disse ele ontem à tarde a propósito dos versos de Balmont[8]. Suler não concordou com ele e ciciando com agitação, leu de forma patética mais alguns versos.

— Isto, Lióvuchka, não são versos, são charlatanice, "ninharística" como diziam na Idade Média, é um amontoado de palavras sem sentido. A poesia não é artificial; quando Fet escreveu:

> ... não sei mesmo o que poderei cantar
> mas só que a canção amadurece, —[9]

com isto ele manifestou o autêntico, o sentido popular da poesia. O mujique também não sabe o que ele canta (oh, oi, ei) — e então sai a canção autêntica, diretamente da alma, como a um pássaro. Esses vossos novos estão sempre inventando. Há aquelas idiotices francesas, "articles de Paris", e

---

8. O poeta simbolista C. D. Balmont (1867-1942).
9. A. A. Fet (1820-1892).

é isto mesmo que têm estes teus versejadores. Niekrassov também inventou inteiramente seus versinhos[10].
— E Beranger? — perguntou Suler.
— Beranger é outra coisa! Mas o que há de comum entre nós e os franceses? Eles são muito sensuais; a vida espiritual para eles não é tão importante quanto o corpo. Para o francês antes de tudo vem a mulher. É um povo desgastado, consumido. Os doutores dizem que todos os tuberculosos são sensuais.

Suler começou a discutir com a franqueza que lhe era peculiar, soltando ao acaso uma torrente de palavras. Lev Nicoláievitch olhou para ele e disse, com um largo sorriso:
— Hoje tu estás muito caprichoso, como uma senhorita que já está na hora de se casar mas não tem noivo...

XII

A doença ressecou-o ainda mais, queimou nele' algo; ele interiormente parecia como que mais leve, transparente, mais resignado. Os olhos são ainda mais agudos, o olhar é penetrante. Ouve atentamente como se lembrasse algo que tivesse esquecido ou esperasse convicto algo novo, ainda desconhecido. Em Iásnaia Poliana, ele me parecia um homem que sabia tudo e nada mais tinha para aprender, o homem dos problemas resolvidos.

XIII

Se ele fosse um peixe, com certeza nadaria somente no oceano, nunca iria para os mares interiores, mas sobre-

10. N. A. Niekrassov (1821-1878), poeta.

tudo jamais para a água doce dos rios. Aqui, ao redor dele, ora pára ora se movimenta não sei que pescado miúdo: aqui o que ele diz não interessa, não lhes é necessário, e o seu silêncio não os assusta, não os comove. E ele se cala impressionante e hábil, como um verdadeiro ermitão saído deste mundo. Ainda que fale muito dos seus temas obrigatórios, percebe-se que ele cala mais ainda. Certas coisas ninguém pode dizer. E ele tem certamente pensamentos que teme.

XIV

Alguém mandou-lhe uma variante excelente do conto sobre o afilhado de Cristo. Ele leu com gosto a história para Suler, Tchekhov, leu maravilhosamente! Divertia-se principalmente com a passagem em que os diabos atormentavam os senhores de terra, e nisto algo não me agradou. Ele não pode ser insincero, mas se aquilo era sincero, tanto pior.

Depois ele disse:

— Como os mujiques criam bem. Tudo simples, poucas palavras, mas muito sentimento. A verdadeira sabedoria é concisa, como: Perdoa-me, Senhor.

O continho é feroz.

XV

Seu interesse por mim é um interesse etnográfico. Eu, para seus olhos, sou uma pessoa de uma tribo pouco conhecida dele, e nada mais.

XVI

Li para ele o meu conto "O Touro"; ele riu muito e elogiou-me porque eu conhecia os "truques de linguagem".

— Mas você domina as palavras de forma inábil, todos os seus mujiques falam coisas muito inteligentes. Na vida real, eles dizem bobagens, incoerências, você não pode compreender de repente o que ele quer dizer. Isto se faz de propósito; sob a estupidez das palavras há sempre um desejo oculto de permitir ao outro que se expresse. O bom mujique nunca mostrará de vez sua inteligência, isto é desvantajoso. Ele sabe que as pessoas se aproximam do homem estúpido com simplicidade, sem espertezas, é justamente disso que ele precisa. Você diante dele está sempre a descoberto, ele por sua vez vê, no mesmo instante, todos os seus pontos frágeis. É desconfiado, tem medo de dizer suas idéias secretas até mesmo para a sua mulher. Mas em você tudo está à flor da pele, e em cada conto há algo como uma assembléia universal de sabichões. E todos falam por aforismos, isto também está errado — o aforismo não é próprio da língua russa.

— Mas os provérbios, as frases feitas?
— Isto é outra coisa! Isto não são coisas de hoje.
— Mas você fala freqüentemente por aforismos.
— Nunca! Depois você enfeita tudo: as pessoas e a natureza, especialmente as pessoas! Assim fez Leskóv[11], um escritor afetado e absurdo, que se deixou de ler há muito tempo. Não se deixe influenciar por ninguém, não tema ninguém, então tudo estará bem...

---

11. N. S. Leskóv (1831-1895) realmente não era muito apreciado na época. Górki iria contribuir para a sua reavaliação pelo público.

XVII

No caderninho diário que ele me deu para ler, um estranho aforismo me surpreendeu: "Deus é a minha vontade".

Hoje, devolvendo o caderno, eu lhe perguntei o que era aquilo.

— É um pensamento inacabado, disse olhando a página com os olhos semicerrados. Provavelmente eu queria dizer: Deus é, a minha vontade é conhecê-lo... Não, não é isto... Riu e enrolando o caderno como um canudo, enfiou-o no grande bolso de sua jaqueta. Ele tem com Deus relações muito vagas; algumas vezes elas me recordam a relação entre "dois ursos num covil".

XVIII

Sobre a Ciência:

— A ciência é uma barra de ouro, preparada por um alquimista charlatão. Você quer simplificá-la, fazê-la compreensível a todo o povo, isto é, cunhar numerosas moedas falsas. Quando o povo compreender o verdadeiro valor destas moedas, ele não nos agradecerá.

XIX

Passeávamos pelo Parque de Iussupov. Ele falava admiravelmente sobre os costumes da aristocracia moscovita. Uma corpulenta mulher russa trabalhava num canteiro, curvando-se em ângulo reto, de pernas de elefante desnudadas, mexendo os seios de dez libras. Ele a olhou atentamente.

— Estas colunas é que têm sustentado toda a magnificência e insânia. Não só pelo trabalho dos mujiques e das mulheres, não somente pelos impostos, mas também pelo sangue puro do povo, falando literalmente. Se a aristocracia de tempos em tempos não se cruzasse com tais cavalos, ela já estaria morta há muito tempo. Gastar forças como gastou a juventude de meu tempo, não é possível sem castigo. Porém, depois de desembestados, muitos se casaram com mulheres servas e deram uma boa descendência. Deste modo, também nisso a força mujique trazia a salvação. Em toda a parte ela está no lugar adequado. É necessário que sempre a metade da espécie gaste o seu vigor consigo mesma e a outra metade se dissolva no espesso sangue camponês e ele também a dissolva um pouco. Isto é útil.

XX

Ele fala das mulheres muito e com prazer, como um romancista francês, porém sempre com aquela grosseria do mujique russo, que antes me deprimia e me desagradava.

Hoje no Bosque das Amêndoas, ele perguntou a Tchekhov:

— Você levou uma vida muito dissoluta na juventude?

Anton Pávlovitch sorriu confuso e puxando a barbicha disse algo inaudível, porém Lev Nicoláievitch, olhando para o mar, confessou:

— Eu era incansável...

Ele pronunciou isto com pesar, utilizando no final da frase uma salgada palavra mujique. Pela primeira vez eu notei que ele pronunciava esta palavra de modo tão simples, como se não soubesse de mais nenhuma digna de substituí-la. E todas as palavras no gênero, partindo de sua boca hirsuta, soam simples, comuns, perdendo de certo modo a sua grosseria soldadesca e imundície. Recordo-me de meu primeiro encontro com ele, e de sua conversa sobre *Várenka Oliéssova, Vinte e seis e uma*[12]. De acordo com o ponto de vista corrente, sua linguagem era uma cadeia de palavras "indecentes". Eu estava encabulado com isto e até ofendido; pareceu-me que ele não me considerava capaz de entender outra linguagem. Agora compreendo que era tolice ofender-me.

XXI

Ele estava sentado num banco de pedra sob os ciprestes, sequinho, pequeno, cinzento e apesar de tudo parecido com Sabaoth, que se cansou um pouco e se diverte, esforçando-se para imitar o tentilhão. O pássaro cantava na escuridão da espessa folhagem, ele olhou para lá, entrecerrando os olhinhos agudos e dobrando os lábios como um garoto, num canudo, assobiava desajeitado:

— Que pássaro enfurecido! Está inquieto. Que pássaro é este?

Eu falei sobre o tentilhão e sobre o ciúme característico deste pássaro.

— Em toda a vida uma só canção e é ciumento. O homem tem em sua alma centenas de canções, mas ele é condenado por causa do ciúme, isto é justo? — Pensativo, como se perguntasse para si mesmo. — Há alguns momentos em que o homem diz para a mulher mais do que é necessário ela saber dele. Ele falou e esqueceu, mas ela se lembra. Talvez o ciúme venha do medo de ofender a alma, do medo da humilhação e do ridículo? Não é perigosa a mulher que segura o... mas aquela que segura a alma.

12. Romance e conto de Górki, respectivamente.

Quando eu lhe falei que nisso se percebia contradição com a *Sonata a Kreutzer*, ele soltou por toda a sua barba o brilhar de um sorriso e respondeu:

— Eu não sou um tentilhão.

À noitinha, passeando, ele inesperadamente disse:

— O homem suporta terremotos, epidemias, os horrores da enfermidade, toda a sorte de tormentos da alma, mas em todos os tempos a tragédia e o martírio foi, é e será sempre a tragédia do leito.

Dizendo isto ele sorriu triunfal; aparece nele às vezes um sorriso largo, tranqüilo, de um homem que suportou algo extremamente difícil ou que é atormentado por uma dor aguda durante muito tempo, e de repente ela desaparece. Cada idéia penetra-lhe na alma como carrapato; ou de repente a arranca ou dá-lhe sangue abundante para beber, e quando estiver cheia, ela mesma desaparece, imperceptível.

Falando de modo fascinante sobre o estoicismo, de repente franziu o cenho, estalou os lábios e disse com severidade:

— *Stióganoie* e não *stiójanoie*, os verbos *stiegát* e *stiaját* existem, mas *stieját*, não[13].

Esta frase não tinha, evidentemente, nenhuma relação com a filosofia estóica. Percebendo que eu não compreendia, ele apressou-se a dizer, inclinando a cabeça para a porta do cômodo vizinho:

— Eles dizem por lá: *stiójanoie odieialo*!

E continuou:

— E o meloso e parlapatão Renan...

---

13. *Stióganoie* significa: alcochoado, pespontado (gênero neutro). *Stiegát* quer dizer: alcochoar, pespontar, e *stiaját*: alcançar, obter.

Freqüentemente ele me dizia:

— Você narra muito bem: com suas próprias palavras, vigoroso, nada livresco.

Mas quase sempre percebia os descuidos de linguagem e dizia à meia voz, como se fosse para si:

— *Semelhante* e ao lado *absoluto*, quando se pode dizer *plenamente*!

Algumas vezes me reprovava:

— Sujeito precário — será que se pode colocar lado a lado palavras tão diferentes pelo espírito? Não está bom...

Sua sensibilidade para formas de linguagem parecia-me algumas vezes doentiamente aguda. Uma vez ele disse:

— Em um certo escritor encontrei na mesma frase "gato e tripa". É repugnante! Eu por pouco não vomitei.

Algumas vezes raciocinava:

— *Podojdiom* e *pod dojdiom*, qual é a ligação?[14]

Certa feita chegando do parque, disse:

— Agora o jardineiro diz: com muita dificuldade chegamos a um acordo[15]. Não é realmente estranho? Como se fez a união destes verbos *kovát* e *tolkovát*?[16] Não gosto de filólogos, eles são escolásticos, mas diante deles está um importante trabalho com a língua. Nós dizemos palavras que não entendemos. Por exemplo, como se formaram os verbos *procit* e *brócit*?[17]

---

14. Em português *podojdiom* significa: esperemos, e *pod dojdiom* significa: na chuva. A etimologia, porém, não explica esta homofonia.

15. Em russo, o verbo é *stolkovátsia*.

16. Respectivamente, forjar, ferrar e comentar, interpretar.

17. Pedir e jogar, abandonar.

Falava com muita freqüência sobre a linguagem de Dostoiévski:

— Ele escrevia de maneira deformada e até intencionalmente feia, eu estou certo que isto era premeditado, era por coquetismo. Ele forçava a nota; no *Idiota* está: "Na insolente insistência e afichagem da relação entre eles". Eu penso que ele deformou de propósito a palavra *afficher* porque ela é estranha, ocidental. Mas nele podem-se encontrar também erros imperdoáveis. O Idiota diz: "O asno é um homem bom e útil", porém ninguém ri, ainda que estas palavras devessem provocar inevitáveis risos ou alguma observação. Ele diz isso para as três irmãs e elas gostavam de ridicularizá-lo. Principalmente Aglaia. Este livro é considerado ruim, mas o que ele tem de pior, é que o Príncipe Míchkin é epilético. Se ele fosse são, sua ingenuidade e franqueza, sua pureza, nos tocariam muito. Mas para isto, para escrevê-lo, Dostoiévski não tinha suficiente coragem. Ademais ele não gostava das pessoas sadias. Tinha certeza de que se ele estava doente, o mundo todo também estava...

Leu para mim e para Suler uma versão da queda de *Padre Sérgio*, uma cena cruel. Suler inflou os lábios e se mexeu inquieto.

— Que é que há? Não te agrada? — perguntou Lev Nicoláievitch.

— Há muita crueldade, como em Dostoiévski. Esta jovem podre e de seios como panquecas, e tudo o mais. Por que ele não pecou com uma mulher bonita, robusta?

— Seria o pecado sem justificativa, e desse modo pode-se justificar o fato com a compaixão pela moça, quem a desejaria assim?

— Não compreendo isto...

— Tu não entendes de muitas coisas, Lióvuchka, não és esperto...

Chegou a mulher de Andréi Lvóvitch, a conversa se interrompeu, mas quando ela e Suler se foram para o pavilhão, Lev Nicoláievitch me disse:

— Leopoldo é o homem mais puro que eu conheço. Ele também é assim: se pratica o mal, é por compaixão por alguém.

XXII

Quase sempre fala de Deus, do mujique e da mulher. Raramente e muito pouco de literatura, como se fosse um assunto estranho para ele. Da mulher, em minha opinião, trata de maneira extremamente hostil e gosta de castigá-la; se ela não é Kity ou Natacha Rostova, então é uma criatura insuficientemente delimitada. É a hostilidade do homem que não teve tempo para consumir tanta felicidade quanto poderia, ou a hostilidade do espírito frente aos "impulsos degradantes da carne"? Mas sempre hostilidade — fria como em *Ana Karênina*. Domingo, ele falou muito bem sobre os "impulsos degradantes da carne" numa conversa com Tchekhov e Ielpátievski a propósito das *Confissões* de Rousseau. Suler anotou suas palavras, mas depois, preparando café, queimou a anotação no fogareiro. Anteriormente, ele havia queimado a opinião de Lev Nicoláievitch sobre Ibsen e perdeu também as notas sobre o simbolismo dos ritos nupciais, em que Tolstói disse coisas muito pagãs a respeito, coincidindo em algumas coisas com V. V. Rósanov[18].

18. O ensaísta V. V. Rósanov (1856-1918).

XXIII

De manhã chegaram estundistas[19] de Feodóssia e durante todo o dia de hoje ele fala do mujique com admiração.

Durante o almoço:

— Eles vieram; ambos tão fortes, tão consistentes; um deles diz: "Ora, viemos sem ser convidados", e o outro: "Com a ajuda de Deus, o caminho se encurta". E inundou-se de riso infantil, estremecendo todo.

Depois do almoço, no terraço:

— Logo, nós deixaremos de compreender completamente a língua do povo; nós falamos assim: "Teoria do Progresso", "papel do indivíduo na história", "evolução das ciências", "disenteria", enquanto o mujique diz: "uma agulha não se oculta num saco", e todas as teorias, histórias, evoluções, convertem-se em mesquinharias ridículas porque não são compreendidas e não são necessárias ao povo. Todavia, o mujique é mais vigoroso que nós, tem mais vida e conosco pode acontecer, quem sabe, o mesmo que aconteceu com a tribo dos atzures sobre quem disseram a certo cientista: "Todos os atzures morreram, mas aqui há um papagaio que sabe algumas palavras da língua".

XXIV

"Com o corpo a mulher é mais sincera que o homem, mas tem pensamentos mentirosos. Quando mente, porém, ela não acredita em si; ao passo que Rousseau mentiu e acreditou."

---

19. O *estundismo* (do alemão *Stunde*, a hora da reza) é seita evangélico-batista, surgida na Rússia em meados do século XIX.

XXV

"Dostoiévski escreveu sobre um dos seus loucos personagens, que ele vivia para vingar a si e aos outros, porque servira a algo em que não acreditava. Ele escreveu isto sobre si mesmo, quer dizer, ele poderia dizer isto de si."

XXVI

— Algumas palavras religiosas são surpreendentemente obscuras, como por exemplo, o sentido das palavras: "A terra do Senhor e suas obras". Isto não é da escritura sagrada, mas de um certo materialismo popular-científico.

— Você comenta não sei onde estas palavras — observou Suler.

— Não basta que eu tenha comentado... "O sentido existe, para não ser explicado completamente".

E sorriu com esperteza.

XXVII

Ele gosta de fazer perguntas difíceis e traiçoeiras:
— Que pensa de si?
— Você gosta de sua mulher?
— Você acha que o meu filho Lev tem talento?
— Sófia Andréievna lhe agrada?

Não é possível mentir diante dele.

Uma vez me perguntou:
— Você gosta de mim, A. M.?

Ele tem a picardia de um *bogatir*[20]: Vaska Busláiev, pícaro de Nóvgorod, brincou assim na juventude. Ele "experimenta", todo o tempo testa algo, como se estivesse se preparando para brigar. É interessante, embora não me dê muito bem com isto. Ele é o demônio, e eu sou ainda um bebê, e ele não me deveria provocar.

XXVIII

O mujique para ele talvez seja simplesmente um mau cheiro, sente-o sempre e por isso forçosamente precisa falar dele.

Ontem à noitinha eu contava a ele a batalha que tive com a mulher do General Kornet, ele gargalhou até às lágrimas, até doer-lhe o peito, vibrou e ia gritando, fininho:

— Com a pá? Com... pá, hein? Bem... no... era grande a pá?

Depois, já descansado, disse com seriedade:

— Você ainda golpeou de um modo generoso, outro golpearia na cabeça por isso. Você muito generoso. Você compreendeu que ela queria você?

— Não me recordo; não creio que eu compreendesse...

— Mas como! Está claro. Certamente, está.

— Eu não vivia para isso naquele tempo...

— Nem que vivesse, é tudo igual! Você não é muito mulherengo, pelo visto. Outro faria carreira com isso, ficaria proprietário da casa e acabaria beberrão ao lado dela.

Depois de um silêncio:

— Você é ridículo. Não se ofenda, é muito ridículo. E é muito estranho que você apesar de tudo é bom, tendo o direito de ser mau. Ademais, você poderia ser mau. Você é forte, isto é bom...

20. Os *bogatires* são heróis de *bilinas*, cantos épicos russos transmitidos pela tradição oral.

E depois de um novo silêncio, acrescentou pensativo:

— Não entendo a sua mente, é mente muito confusa, mas tem um coração inteligente... sim, um coração inteligente!

Nota: Vivendo em Kazã, eu ingressei como zelador e jardineiro na casa da mulher do General Kornet. Era francesa, viúva de general, jovem, corpulenta, com umas perninhas de adolescente; tinha olhos espantosamente belos, inquietos, sempre avidamente abertos. Eu penso que antes de se casar ela fora vendedora ou cozinheira, ou talvez até uma "moça para prazeres". De manhã se embriagava e saía na portaria ou no jardim só de camisola, com um roupão laranja cobrindo-a, com umas chinelas tártaras de marroquim vermelho e na cabeça uma juba de cabelos espessos. Penteados descuidadosamente, eles caíam-lhe sobre as faces coradas e os ombros. Uma jovem bruxa. Caminhava pelo jardim, cantarolando cançonetas francesas, olhava-me trabalhar, de vez em quando se aproximava da janela da cozinha e pedia:

— Pauline, dê-me algo.

Esse "algo" era sempre o mesmo: um copo de vinho com gelo...

No andar de baixo de sua casa viviam três jovens órfãs, princesas D. C., o pai delas, general-intendente, partira, a mãe morrera. A senhora Kornet antipatizou com as moças e se esforçava por enxotá-las do apartamento, fazendo-lhes coisas abomináveis. Ela falava mal a língua russa, mas injuriava corretamente, como um bom carroceiro. Não me agradava nada o modo pelo qual tratava as inofensivas moças. Elas eram tão tristes, assustadas, indefesas. Uma vez, perto do meio dia, duas delas passeavam pelo jardim, de repente chega a viúva, bêbada como sempre e começa a gritar com elas, expulsando-as do jardim. Elas saíram em silêncio, mas a viúva parou no portão tapando-o com seu corpo, como uma rolha, e começou a lhes dizer aquelas sérias palavras russas, que fazem estremecer até os cavalos. Eu lhe pedi que parasse de insultar e que deixasse passar as moças, ela gritou:

— Eu sei você! Você entra nas janelas delas de noite...

Eu fiquei zangado, peguei-a pelos ombros e afastei-a do portão, mas ela se soltou e virou o rosto para mim, abriu rapidamente o roupão, levantou a camisola e gritou:

— Eu sou melhor que essas ratas!

Naquele momento eu estava zangado de vez, virei-a de nuca para mim e golpeei-a com a pá abaixo dos ombros, tão forte que ela saltou para dentro e correu pelo pátio, dizendo três vezes muito espantada:

— Ó! Ó! Ó!

Depois disso apanhei meu passaporte com a sua favorita Pauline, mulher também bêbada, porém muito esperta, peguei sob a axila o amarrado com os meus pertences e saí do pátio, enquanto a viúva, parada à janela com um lenço vermelho na mão, gritava:

— Eu não chamar a polícia — não é nada, ouça! Volta ... não tenha medo...

XXIX

Perguntei-lhe:

— Você está de acordo com Pózdnichev[21] quando ele diz que os doutores arruinaram e arruínam milhares e centenas de milhares de pessoas?

— Mas interessa muito a você saber isso?

— Muito.

— Pois eu não digo!

---

21. Personagem da novela *Sonata a Kreutzer* de Tolstói.

Ele sorriu matreiro, brincando com seus grandes dedos.

Estive recordando — num de seus contos está uma comparação entre um curandeiro de aldeia e um doutro formado.

"As palavras 'guiltchák', 'potchetchui', e 'soltar o sangue' não são exatamente iguais às palavras: nervos, reumatismo, organismo, etc. . . .?"

Isto ele disse depois de Jenner, Behring, Pasteur. Que traquinagem!

XXX

Como é estranho que ele goste de baralho. Joga seriamente, exaltado. Suas mãos ficam tão nervosas quando ele pega as cartas, é como se tivesse pássaros entre os dedos e não apenas pedaços inertes de papelão.

XXXI

— Dickens disse com muita inteligência: "A vida nos foi dada com a condição obrigatória de defendê-la com coragem até o último instante". Em linhas gerais, ele era um escritor sentimental, tagarela e não muito inteligente. Por outro lado, ele sabia construir um romance como ninguém, com certeza melhor do que Balzac. Alguém disse: "Muitos são possuídos pela paixão de escrever livros, mas poucos se envergonham mais tarde". Balzac não se envergonhava, Dickens também não, mas ambos escreveram um bom número de coisas medíocres. Apesar disso Balzac é um gênio, de qualquer modo, não é possível dizer outra coisa: gênio. . .

Alguém trouxe um livro de Lev Tikhomirov *Por que eu Deixei de ser Revolucionário*; Lev Nicoláievitch apanhou-o da mesa e disse agitando o livro no ar:

— Aqui está tudo bem sobre os assassinatos políticos, sobre o fato de que este sistema de luta não contém uma idéia clara. Ela só pode ser, diz o assassino que voltou a si, o pleno poderio anárquico da personalidade, o desprezo à sociedade, ao humano em geral. Esta é uma idéia correta, mas o pleno poderio anárquico é um lapso, seria preciso dizer: monárquico. Se há uma idéia boa, correta, nela tropeçarão todos os terroristas, eu falo dos honestos. Quem por natureza gosta de matar, não tropeçará. Para ele não há em que tropeçar. Mas ele é um assassino comum que ingressou acidentalmente no terrorismo. . .[22]

XXXII

Às vezes ele está convencido e intolerante como um sectário do Volga[23], e isto é horrível nele, ele que é o sino poderoso deste mundo. Ontem ele me disse:

— Eu sou mais mujique do que você, sinto as coisas mais à moda mujique.

Oh Deus! Ele não deveria vangloriar-se disso, não deveria!

XXXIII

Li para ele cenas da peça *No Fundo*[24]; ele ouviu atento e depois perguntou:

22. Aqui Tolstói evidentemente se expressa sobre a ação dos social-revolucionários russos, que na época desenvolviam intensa atividade terrorista.
23. Na região do Volga havia muitas populações consideradas heréticas e que se atinham às tradições mais antigas da Igreja russa.
24. Conhecida no Brasil como *Ralé*.

— Para que você escreve isto?

Eu respondi o melhor que pude.

— Em toda parte observa-se em você um ataque de galo contra tudo. Ainda mais, você quer repintar todas as falhas e rachaduras com sua própria tinta. Lembre-se do que Andersen disse: "O dourado vai se gastar, ficará o couro de porco"; os nossos mujiques dizem: "Tudo passa, fica a verdade". O melhor é não pintar, senão depois será pior para você. Além disso a sua linguagem é uma coisa muito violenta, com truques, isto não serve. É necessário escrever mais simples, o povo fala simplesmente, até como se fosse sem nexo, mas é bom. O mujique nunca pergunta: "Por que um terço é mais que um quarto, se quatro sempre é maior que três", como perguntou uma jovem sábia. Os truques não são necessários.

Ele falou aborrecido, pelo visto a minha leitura não lhe agradara muito. Depois de um silêncio, olhou sem se fixar em mim e disse sombrio:

— O seu velho não é simpático, você não crê em sua bondade. O ator está bem, é bom. Você conhece *Os Frutos da Instrução*?[25] Ali há um cozinheiro parecido com o seu ator. Escrever peças é difícil. Também a prostituta saiu bem, devem existir umas assim. Você conheceu?

— Conheci.

— Sim, isto está claro. A verdade sempre aparece. Você fala muito a partir de si mesmo, por isso não há caracteres e todas as pessoas são iguais. Você, segundo parece, não compreende as mulheres, você não consegue realizá-las, nenhuma sequer. Não nos lembramos delas...

Chegou a esposa de A. L. e nos convidou para o chá; ele se levantou e saiu tão rápido como se se alegrasse por concluir a conversa.

25. Peça de Tolstói.

XXXIV

— Qual foi o sonho mais terrível que teve?

Eu raramente os tenho e mal me recordo deles, mas dois sonhos permaneceram em minha memória, provavelmente por toda a vida.

Uma vez eu vi um céu escrofuloso, apodrecido, de cor verde-amarelada, as estrelas eram redondas, lisas, sem raios, sem brilho, semelhantes a pequenas feridas na pele de um magro. Entre elas, pelo céu podre, escorregava sem pressa um raio avermelhado, muito parecido com uma serpente e, quando tocava uma estrela, no mesmo instante ele se inflava, tornava-se um globo e rompia-se em silêncio, deixando em seu lugar mancha escura, exatamente qual fumacinha, que rapidamente desaparecia no céu líquido e pustulento. Assim, uma após outra foram se arrebentando, todas as estrelas pereceram, o céu tornou-se mais escuro, mais terrível, depois turbilhonou, ferveu e, rompendo-se em fiapos, começou a cair sobre minha cabeça um líquido muito gelado, e nos espaços entre os fiapos aparecia um lustroso negrume de folha de flandres. L. N. disse:

— Mas isto é de um livro científico, você leu alguma coisa de astronomia e teve um pesadelo. E o outro sonho?

O outro sonho: uma planície nevada, plana como uma folha de papel, em nenhuma parte colina, árvore ou arbusto, somente apareciam de leve, sob a neve, varinhas de fustigar. Pela neve do deserto morto, de horizonte a horizonte, se estende uma estreita faixa amarela, um caminho mal delineado, e por ele avançam devagar botas de feltro cinzentas, vazias.

Ele ergueu as sobrancelhas felpudas de espírito da floresta, olhou-me com atenção e ficou pensativo:

— Isto é terrível! Você realmente viu isto, não inventou? Aqui também há qualquer coisa de livresco.

De repente, como se estivesse enfadado, começou a falar insatisfeito, severo, batendo no joelho com o dedo.

— Você não bebe, não é mesmo? E não parece que você tenha bebido muito algum dia. Mas nestes sonhos, entretanto, há alguma coisa de bêbado. Havia um escritor alemão, Hoffmann, que via umas mesas de jogo correrem pelas ruas e tudo o mais no gênero. Mas era um beberrão, era um *kalagólik*, como dizem os cocheiros instruídos. As botas caminhavam vazias, isto na verdade, é terrível! Mesmo que você tenha inventado isto, está ótimo! Terrível!

Inesperadamente sorriu em toda a extensão da barba, até as maçãs do rosto resplandeceram.

— Imagine isto: de repente corre pela Tverskaia uma mesa de jogo com as pernas encurvadas, as tábuas estalam e o giz se esfarela, até os números ainda se vêem no pano verde; nela jogaram uíste por três dias seguidos uns coletores de impostos, ela não suportou mais e fugiu.

Riu e talvez tenha notado que eu estava um tanto aborrecido com a sua desconfiança:

— Você não se ofendeu por que os seus sonhos me parecem livrescos? Não se ofenda, eu sei que algumas vezes se inventa algo tão imperceptivelmente que não é possível aceitar, e então parece que se viu em sonho e não se inventou nada. Um velho proprietário de terras conta que ele, em sonho, ia pela floresta, saiu na estepe e viu: duas colinas, e de repente elas se transformaram em seios de mulher, e entre eles, elevava-se um rosto negro, no lugar dos olhos dela havia duas luas, como manchas brancas. Ele mesmo já estava entre as pernas da mulher e diante dele havia um precipício profundo e escuro que começou a sugá-lo para dentro de si. Depois disso começou a ficar grisalho, as mãos passaram-lhe a tremer e viajou para o exterior, para tratamento de águas com o Doutor Kneip. Ele devia ver algo assim, era um depravado.

Bateu-me no ombro:

— Mas você não é um bêbado nem um devasso, como é que você tem desses sonhos?

— Não sei.

— Não sabemos nada sobre nós mesmos!

Suspirou, franziu o sobrolho, pensou e acrescentou baixinho:

— Nós não sabemos nada.

Hoje à tardinha no passeio, ele me tomou pelo braço e foi dizendo:

— Aquelas botas que andavam, terrível, hein? Completamente vazias — toque, toque, toque — e a neve chiando! Sim, ótimo! Mas apesar de tudo, você é muito livresco, muito! Não se zangue, mas isto é um mal e vai atrapalhá-lo.

É pouco provável que eu seja mais livresco que ele, porém desta vez ele me pareceu um racionalista violento, apesar de todos os seus pequenos circunlóquios.

XXXV

Às vezes tenho a impressão: ele acaba de chegar de algum lugar distante, onde as pessoas pensam e sentem de outro modo, e as relações de umas com as outras são diferentes, até não se movimentam como aqui e falam outra língua. Ele senta-se num canto, cansado, cinzento, como se o pó de outra terra estivesse nele; olha atentamente para tudo com os olhos de um estranho e mudo.

Ontem, antes do almoço, ele apareceu na sala de visitas exatamente assim, alguém que partiu para longe, sentou-se no divã e, depois de um momento de silêncio, de repente disse, balançando-se levemente, esfregando as palmas das mãos nos joelhos, o rosto franzido:

— Isto ainda não é tudo, não é tudo.

Não sei quem, sempre estúpido e tranqüilo, como um ferro de passar roupa, perguntou-lhe:

— Do que você está falando?

Ele o olhou com atenção, inclinou-se um pouco mais, espiando para o terraço, onde estávamos sentados o Doutor Nikítin, Ielpátievski e eu, e perguntou:

— Vocês falam de quê?

— De Pleve[26].

— De Pleve... Pleve — ficou pensativo, repetindo após uma pausa como se ouvisse pela primeira vez este nome, depois sacudiu-se como um pássaro, e disse com um sorriso fraco:

— Hoje, desde manhã eu tenho uma coisa tola na cabeça: alguém me disse que leu no cemitério esta inscrição:

> Debaixo desta pedra descansa Ivã Iegóriev,
> Profissão — curtidor, ele sempre molhava os couros,
> Trabalhava corretamente, tinha bom coração,
> Mas faleceu, privando a mulher de seu trabalho,
> Ele ainda não era velho e podia trabalhar muito,
> Mas Deus levou-o para o paraíso,
> Na noite de sexta-feira para sábado — na Semana Santa...

e qualquer coisa mais no gênero...

Depois calou-se, balançando a cabeça, sorriu frouxo e acrescentou:

26. V. C. **Pleve** (1846-1904), ministro tzarista famoso pela repressão contra o movimento revolucionário, que morreu assassinado.

— Na estupidez dos homens, quando não é por maldade, há qualquer coisa de tocante, simpático até... Sempre...
Chamaram para almoçar.

XXXVI

— Eu não gosto de bêbados, mas conheço pessoas que bebendo tornam-se interessantes, adquirem uma beleza de pensamento que não lhes é natural, algo lúcido e espirituoso, certa agilidade e riqueza de palavra. Torno-me até disposto a bendizer o vinho.

Suler contou: ele saíra certa vez com Lev Nicoláievitch pela Tverskaia, quando Tolstói viu, de longe, dois couraceiros. O metal de suas couraças resplandecia ao sol, as esporas tilintavam: eles caminhavam em cadência, seus rostos também luziam com o contentamento da força e da juventude.

Tolstói começou a reprová-los:

— Que majestosa estupidez! Parecem animais amestrados com bastão...

Mas quando os couraceiros cruzaram com ele, deteve-se e acompanhando-os com olhar carinhoso, disse deslumbrado:

— Como são belos! Romanos antigos, heim, Lióvuchka? Que força, que beleza, oh meu Deus! Como é bom quando o homem é belo, como é bom!

XXXVII

Num dia quente ele me deixou para trás numa estrada ao pé do morro, estava indo a cavalo em direção a Livádia, montava um pequeno e tranqüilo cavalinho tártaro. Cinzento, peludo, com um levíssimo chapéu de feltro branco em cogumelo, ele parecia um gnomo.

Freando o cavalo, ele falou comigo; eu caminhei ao lado, junto ao estribo, e entre outras coisas disse-lhe que havia recebido uma carta de V. G. Korolenko[27]. Tolstói sacudiu a barba, enfadado:

— Ele acredita em Deus?

— Não sei.

— Você não sabe o principal. Ele acredita, somente tem vergonha de reconhecer isto diante dos ateus.

Falou resmungando, manhoso, entrecerrando os olhos com enfado. Estava claro que eu o incomodava, mas quando quis ir, ele me deteve:

"— Para onde vai? Eu irei devagar."

E novamente resmungou:

— O seu Andréiev tem vergonha dos ateus também, mas acredita em Deus, e Deus é terrível para ele[28].

No limiar da fazenda do Grão-Príncipe A. M. Romanov, parados muito perto um do outro, três Romanovs conversavam no caminho: o proprietário de Ai-Todor, Gueórgui e mais um, creio que Piotr Nicoláievitch de Diulber, todos gente corpulenta, vigorosa. A estrada estava obstruída por uma charrete, transversalmente a ela havia um cavalo de sela: Lev Nicoláievitch não podia ultrapassar. Ele fixou nos Romanovs um olhar severo, exigente. Mas eles bem antes tinham desviado dele o rosto. O cavalo de sela mexeu-se no lugar e saiu um pouco de lado, deixando passar o cavalo de Tolstói.

Depois de cavalgar uns dois minutos em silêncio, disse:

---

27. V. G. Korolenko (1853-1921), escritor muito amigo de Górki.

28. Na época, Máximo Górki estava bastante ligado a Leonid Andréiev (1871-1919), depois houve um desentendimento entre ambos, ocasionando um afastamento que perdurou até a morte de Andréiev.

— Eles me reconheceram, os bobalhões.
E depois de alguns instantes:
— O cavalo compreendeu que é necessário ceder caminho para Tolstói.

XXXVIII

"Cuide de si antes de tudo, então sobrará muito também para as outras pessoas."

XXXIX

"O que significa conhecer? Por exemplo: Eu sei que sou Tolstói, escritor, tenho mulher, filhos, cabelos grisalhos, um rosto feio, barba, tudo isso está escrito no passaporte; quanto à alma, no passaporte não se escreve, dela eu sei uma coisa: a alma quer estar próxima de Deus. Mas o que é Deus? Aquele, uma partícula do qual é minha alma. Isto é tudo. Para quem aprendeu a raciocinar, é difícil ter fé, e viver em Deus só se pode por meio da fé. Tertuliano disse: 'O pensamento é um mal'."

XL

Não obstante a monotonia de sua pregação, este homem fantástico é infinitamente variado.

Hoje no parque, conversando com o muezim de Gaspra, ele se manteve como um mujiquezinho crédulo, para quem chegou a hora de pensar no fim dos dias. Pequeno, como se estivesse de propósito ainda mais encolhido ao lado daquele tártaro forte e sólido, parecia um velhinho cuja alma pela primeira vez medita sobre o sentido da existência, e que tem medo das perguntas surgidas nela. Erguia espantado as sobrancelhas peludas e, piscando assustado os olhinhos agudos, amorteceu o seu luzir intolerável e penetrante. Seus olhos observadores, imóveis, cravaram-se no rosto largo do muezim, e as pupilas perderam aquela agudez que desconcertava as pessoas. Fez perguntas "infantis" ao muezim sobre o sentido da vida, a alma e Deus, substituindo com extraordinária agilidade versos do Corão por versos do Evangelho e dos Profetas. Na realidade, ele estava brincando, fazendo isso com admirável arte, acessível somente a um grande artista e sábio.

E alguns dias atrás, falando com Taniéiev[29] e Suler sobre música, ele mostrou-se deslumbrado como uma criança, e se notava que lhe agradava o seu deslumbramento; mais exatamente: a sua capacidade de se deslumbrar. Disse que foi Schopenhauer que escreveu sobre a música melhor e mais profundamente, contou de passagem uma anedota engraçada sobre Fet[30] e chamou a música de "muda oração da alma".

— Como assim: muda? — perguntou Suler.

— Porque é sem palavras. No som há mais alma que no pensamento. O pensamento é um porta-níqueis, nele há miúdos, porém o som não está poluído por nada, é interiormente puro.

Evidentemente deliciado, ele falava com palavras simpáticas, infantis, recordando de repente as melhores e as mais carinhosas.

E inesperadamente, sorriso para dentro da barba, com suavidade, como num carinho:

29. S. I. Taniéiev (1856-1915), compositor e musicólogo.
30. V. nota 9.

— Todos os músicos são pessoas estúpidas, e quanto mais talentosos, mais limitados. Estranho, que quase todos eles sejam religiosos.

XLI

Falando com Tchekhov pelo telefone:
— Hoje eu tive um dia tão bom, estou de alma tão alegre, e gostaria que você também tivesse alegria. Especialmente você! Você é muito bom, muito!

XLII

Ele não escuta e não acredita quando dizem algo diferente daquilo que é necessário. Na realidade ele não pergunta, mas interroga. Como um colecionador de raridades, ele toma somente aquilo que não pode violar a harmonia de sua coleção.

XLIII

Examinando a correspondência:
— Fazem barulho, escrevem, mas vou morrer, e um ano depois vão perguntar: Tolstói? Ah, sim, aquele conde que tentou fazer botas e alguma coisa lhe aconteceu, não é realmente aquele?

XLIV

Algumas vezes eu vi em seu rosto, em seu olhar, um sorriso astucioso e contente de homem que encontrou sem esperar algo escondido por ele mesmo. Escondeu algo e esqueceu. Viveu muitos dias numa secreta inquietude, pensando o tempo todo: onde meti isto, que é indispensável para mim? Ele temia que as pessoas notassem sua inquietação, sua perda, notassem-no e lhe fizessem algo desagradável, algum mal. De repente lembrou-se, encontrou. Ficou repassado de alegria e não se preocupando mais em ocultá-la, olhava para todos com esperteza, como se dissesse:

"Vocês não farão nada comigo."

Mas sobre o que era – o que encontrou e onde – ele se cala.

Nunca nos cansamos de nos surpreender com ele, apesar de ser muito difícil vê-lo freqüentemente, e eu não poderia viver com ele na mesma casa, não digo já no mesmo quarto. É como num deserto onde o sol depois de ter tudo consumido, também se consome, ameaçando com uma noite escura e interminável.

CARTA

Logo que enviei a você uma carta, chegaram telegramas sobre a "fuga de Tolstói". E como não o tinha desligado do pensamento, escrevo novamente.

Provavelmente, tudo o que eu quero dizer a propósito desta notícia parece confuso, talvez até rude e mau, mas perdoe-me, porque eu me sinto como se me pegassem pela garganta e me estrangulassem.

Ele teve comigo muitas conversas compridas; quando vivia em Gaspra na Criméia, eu sempre ia a sua casa, ele também de bom grado me visitava. Eu lia seus livros com muita atenção e amor; parece-me que tenho o direito de dizer o que eu penso dele, embora isto seja insolência e difira em muito da opinião geral que se tem a seu respeito. Sei tão bem como os demais que não existe homem mais digno de ser chamado gênio, mais complexo, contraditório e belo em tudo, sim, sim, em tudo. Belo, com algum sentido especial, com grandeza, que não podemos apreender por palavras, nele existe um não sei quê, sempre despertando em mim o desejo de gritar a tudo e a todos: "vejam que pessoa maravilhosa vive na terra!" Pois ele é por assim dizer abrangente e antes de tudo é um homem, – um homem da humanidade.

Mas o que sempre me repelia dele era esta obstinada, despótica aspiração de transformar a vida do Conde Lev Nicoláievitch Tolstói na "Vida santificada de nosso pai e benfeitor, o mui ilustre Lev". Vocês sabem que há muito tempo ele se preparava para "sofrer", ele manifestava a Ievguêni Soloviov[31] e a Suler a sua lástima pelo fato de não ter conseguido isto, mas ele queria sofrer não simplesmente, nem por um desejo natural de verificar a firmeza de sua vontade, mas com a evidente, e eu repito, a despótica intenção de reforçar o peso de sua doutrina, fazer a sua pregação irresistível, santificá-la aos olhos das pessoas com o sofrimento e obrigá-las a aceitá-lo, você compreende – obrigar! Porque ele sabe que aquela pregação não é muito convincente; no seu diário, você, com o tempo, lerá bons exemplos de ceticismo dirigido por ele para a sua própria doutrinação e personalidade. Ele sabe que "mártires e sofredores, salvo raras exceções, são tiranos e déspotas", ele sabe tudo! E apesar disso diz: "Se eu sofresse por minhas idéias, elas produziriam outra impressão". Isto sempre me afastou dele, porque eu não posso deixar de sentir aí uma tentativa de violência sobre mim, um desejo de possuir a minha consciên-

---

31. O crítico e jornalista I. A. Soloviov (1866-1905).

cia, cegá-la com o fulgor do sangue de justo, colocar, no meu pescoço, a canga de um dogma.

Ele sempre exaltava a imortalidade do outro lado da vida, mas ela lhe agradaria mais deste lado. Era um escritor nacional, na verdadeira acepção da palavra: ele expressava com o seu grandioso espírito todos os defeitos da nação, todas as mutilações causadas em nós pelos suplícios de nossa história... Nele tudo é nacional e toda a sua pregação é uma reação do passado, um atavismo que nós já começamos a eliminar, a superar.

Lembrem-se de sua carta "A *intelliguêntsia*, o estado, o povo", escrita no ano de 1905, que coisa ofensiva e maligna! Nela ressoa o sectário: "Esta aí, não me ouviram!" Eu lhe escrevi então uma resposta, fundamentando-me no que ele mesmo me dissera, de que "perdera desde muito tempo o direito de falar sobre o povo russo e em seu nome", porque eu sou testemunha de que ele não desejava ouvir e compreender o povo que o procurava para falar de coração aberto. A minha carta era bem rude e não a enviei.

Mas agora ele dá provavelmente o seu último salto para atribuir às suas idéias o significado mais alto. Como Vassíli Busláiev[32], ele geralmente gostava de saltar, mas era sempre para a afirmação de sua "santidade" e em busca de uma auréola. Isto constitui algo inquisitorial, apesar de sua doutrina estar justificada pela velha história da Rússia e pelos sofrimentos do gênio. A santidade se alcança por meio do enlevo com os pecados, da escravização da vontade de vida...

Em Lev Nicoláievitch há muito de algo que às vezes despertava em mim um sentimento próximo ao ódio por ele, e este ódio caía sobre meu espírito com um peso aca-

32. V. nota 20 desta tradução.

brunhador. Sua personalidade desproporcionadamente crescida é um fenômeno monstruoso, quase disforme, e há nele alguma coisa de Sviatogor, o gigante que a terra não pode sustentar. Sim, ele é grande! Eu estou totalmente convencido de que além de tudo o que ele diz, há muita coisa que ele sempre silencia — e até mesmo em seu diário ele se cala, e certamente nunca o diria a ninguém. Este "não sei o quê" só às vezes perpassava por meio de alusões em suas conversas, e se encontra, também por meio de alusões, em dois cadernos de diário que ele deu a mim e a L. A. Sulerjítzki para ler; aquilo me parece uma espécie de "negação de todas as afirmações" — o mais profundo e cruel niilismo que se desenvolveu na base de um desespero e solidão infinitos e inabaláveis, e que provavelmente ninguém antes deste homem experimentou com nitidez tão terrível. Muitas vezes ele me parecia um homem seguro, que no íntimo era inflexível e indiferente às pessoas; ele é a tal ponto mais elevado, mais poderoso que elas, que para ele todos se assemelham a mosquitos e a agitação deles é ridícula e mesquinha. Ele se afastou demasiado para um deserto, e lá, solitário, com a máxima tensão de todas as forças de seu espírito, fita "o mais importante" — a morte.

Toda a vida temeu-a e destestou-a, toda a vida estremecia junto a sua alma o "terror de Arzamás"[33], caberia morrer a ele, Tolstói? O mundo inteiro, toda a terra olhava para ele, da China, da Índia, da América, de todas as partes, estendiam-se para ele fios vivos, trêmulos, sua alma existia para todos e para sempre! Por que a natureza não faria exclusão de sua lei e não daria a um homem a imortalidade física, por quê? Ele, naturalmente, era demasiado sensato e inteli-

33. Alusão a um episódio biográfico: o terror que assaltou certa vez Tolstói na cidade de Arzamás.

gente para acreditar em milagres, mas, por outro lado, é um pícaro, um experimentador, e como um jovem recruta, faz violências desenfreadas, de medo e desespero ante uma caserna desconhecida. Eu me recordo de que em Gaspra, depois de restabelecido, tendo lido o livro de Leão Chestóv[34], *O Bem e o Mal nas Doutrinas de Nieztsche e do Conde L. Tolstói*, ele disse em resposta à observação de A. P. Tchekhov de que o livro não lhe agradava:

— Parece-me divertido. Foi escrito com ostentação, mas não faz mal, é interessante. Eu gosto dos cínicos quando eles são sinceros. Veja, ele diz: "A verdade não é necessária", e isto é verdade, para que ele precisa da verdade? De qualquer modo vai morrer.

E, pelo visto, percebendo que as suas palavras não foram compreendidas, acrescentou, rindo agudamente:

— Se um homem aprendeu a pensar, pense ele no que for, estará sempre pensando em sua própria morte. Todos os filósofos são assim. E que verdades há, se existe a morte?

Em seguida, ele começou a dizer que a verdade é única para todos: o amor a Deus, mas falou desse tema friamente e cansado. E depois do almoço, no terraço, tomou novamente o livro, descobrindo o lugar onde o autor escreve: "Tolstói, Dostoiévski e Nieztsche não puderam viver sem resposta às suas perguntas, e para eles qualquer resposta era melhor que nada". Ele riu e disse:

— Eis aqui um audacioso barbeiro, ele escreve francamente que eu enganei a mim mesmo: o que significa — enganei aos outros também. Na verdade, isto fica bem claro...

Suler perguntou:

— E por que um barbeiro?

34. Crítico e filósofo existencialista russo (1866-1938).

— Bem, respondeu pensativo, veio-me à cabeça, ele está na moda, é chique e me lembra um barbeiro de Moscou no casamento de um tio mujique na aldeia. Ele é o que tem melhores maneiras, dança os *lanciers*[35], e por isso despreza a todos.

Reproduzo quase textualmente esta conversa; ela é memorável para mim e até cheguei a anotá-la, como fiz com muitas outras coisas que me impressionaram. Eu e Sulerjítski anotávamos muito, mas Suler perdeu suas anotações quando ia a minha casa em Arzamás: ele era geralmente descuidado e ainda que gostasse de Lev Nicoláievitch como uma mulher, comportava-se em relação a ele de modo um tanto estranho, parece que até um pouco de cima. Eu também enfiei não sei onde as minhas anotações e não consigo encontrá-las. Elas devem estar em algum ponto da Rússia. Eu observei Tolstói muito atentamente, porque procurava, estou procurando e procurarei até minha morte, algum homem de uma fé viva, verdadeira. E ainda porque uma vez A. P. Tchekhov, falando sobre nossa incultura, queixou-se:

— Todas as palavras de Goethe foram anotadas, mas as idéias de Tolstói perdem-se no ar. Isto, paizinho, é intoleravelmente russo. Depois vão agarrar-se à memória, escrever reminiscências e vão mentir.

Retornando a Chestóv:

— Não se pode, diz ele, viver olhando para horríveis aparições, mas de onde ele sabe o que se pode ou não se pode? Com efeito, se ele soubesse, se tivesse visto fantasmas, não escreveria bobagens, mas sim, algo sério, o que Buda fez em toda a sua vida.

---

35. *Lancier* — dança ou quadrilha dos *lanciers* (lanceiros), antiga dança irlandesa que se espalhou depois de introduzida em França, na segunda metade do século XIX.

Disseram que Chestóv era judeu.

— Será? É pouco provável — disse Lev Nicoláievitch desconfiado —, não, ele não parece judeu, não há judeus descrentes, aponte-me um pelo menos!

Algumas vezes parecia que aquele velho feiticeiro brincava com a morte, coqueteava com ela, e de certo modo esforçava-se para enganá-la: "Eu não tenho medo de você, eu gosto de você, eu espero você". Mas, com os mesmos olhinhos agudos, espreita: "Mas como é que você é? O que existe além de você, ali mais longe? Você vai me destruir completamente ou alguma coisa continuará viva?"

Uma estranha impressão causavam suas palavras: "Eu estou bem, tremendamente bem, demasiadamente bem". E logo depois: "Seria preciso sofrer". Sofrer é também sua verdade, nem um momento duvidei que ele, ainda meio enfermo, ficaria sinceramente contente de parar no cárcere, no degredo, numa palavra, aceitar a coroa de espinhos. O martírio provavelmente poderia justificar a morte, torná-la mais compreensível, mais aceitável externamente, pelo lado formal. Mas ele nunca estava bem, nunca e em nenhum lugar, estou certo: nem "nos livros de sabedoria", nem "nas costas de um cavalo", nem "nos seios de uma mulher", ele provou inteiramente o prazer do paraíso terrestre. É muito racional para isto e conhece demasiado a vida, os homens. Eis mais algumas de suas palavras:

"O califa Abdurramã teve catorze dias felizes na vida, enquanto eu, certamente, não possuí tantos. E tudo isto porque eu nunca vivi, não sei viver para minha própria pessoa, para meu espírito, e vivo em exposição, para as pessoas."

Saindo da casa dele A. P. Tchekhov disse-me: "Eu não acredito que ele não seja feliz". Mas eu acredito. Não era. Não é verdade, porém, que ele tenha vivido "em exposição". Sim, ele entregava às pessoas como a mendigos aquilo que tinha em demasia; agradava-lhe obrigá-las, "obrigar" de modo geral, a ler, a caminhar, a comer somente verduras, a gostar dos mujiques e acreditar na infalibilidade das proposições racional-religiosas de Leão Tolstói. Era necessário empurrar para as pessoas algumas coisas que ou as satisfizessem ou as divertissem, e então que fossem embora! Que se abandonasse o homem em sua habitual, atormentada, e algumas vezes confortável solidão diante do torvelinho do problema sobre o "essencial".

Todos os pregadores russos, com exceção de Avakum[36] e, talvez, de Tíkhon Zadonski, foram pessoas frias, porque não possuíam uma fé viva e atuante. Quando eu criei Luká em *No Fundo*, eu queria representar exatamente um velhinho desses: ele se interessava "por quaisquer respostas", mas não pelas pessoas; chocando-se inevitavelmente com elas, ele as consola, mas somente para que não lhe atrapalhem a vida. E toda a filosofia, toda a pregação de gente assim é uma esmola que dão com repugnância dissimulada, e nesta pregação ressoam também palavras mendigas, lastimosas:

"Deixem-me em paz! Amem a Deus ou ao próximo e deixem-me em paz! Maldigam Deus, amem o distante, mas deixem-me! Deixem-me, porque eu sou um homem e portanto condenado a morrer."

E aí, isto é verdade e por muito tempo! E não poderia ser de outro modo, pois as pessoas se extenuaram no sofrimento, terrivelmente separadas, e todas foram encadeadas na solidão que resseca o espírito. Se Lev Nicoláievitch se reconciliasse com a igreja, isto não me surpreenderia nem um pouco. Isso teria a sua lógica: todas as pessoas são igualmente insignificantes, até mesmo os bispos. Não seria pro-

36. O arcipreste Avakum (1620-1682), autor da primeira obra de vulto (*A Vida de Avakum*) em língua russa, considerada até o século XVIII uma língua sem expressão literária.

priamente uma reconciliação, para sua personalidade este ato seria somente um passo lógico: "Perdôo os que me odeiam". Um procedimento cristão, e por trás dele se esconderia um suave e agudo sorriso de mofa, em que se poderia compreender como que a vingança de um homem inteligente contra os imbecis.

O que eu escrevo não era o que eu queria dizer, não assim. Tenho na alma um cão latindo e a impressão de estar vendo não sei que desgraça. Eis que chegaram alguns jornais e já está claro: aí no meio de vocês já começam a "criar lendas": eram uma vez preguiçosos e vagabundos, mas acabaram ganhando um santo. Pensem vocês, como isto é pernicioso para o país, justamente agora que as pessoas baixaram as cabeças desencantadas, a maioria dos espíritos está vazia, e as melhores almas estão repletas de aflição[37]. Famintos, dilacerados, pedindo por uma lenda. Dá tanta vontade de saciar a dor, "amenizar o sofrimento"! E vão criar exatamente o que ele queria, mas que não é necessário — a vida de um santo bem-aventurado — e ele é justamente grande e santo por ser homem, e ele é um homem louca e atormentadamente belo, um homem de toda a humanidade. Eu me contradigo em alguma coisa, mas isto não tem importância. Ele é um homem que apela a Deus não por si, mas pelos homens, para que possam deixá-lo, a ele, o homem, em paz no deserto que escolheu. Ele nos deu o evangelho, mas para que nós esquecêssemos as contradições em Cristo — simplificou a sua imagem, apagou nele o princípio belicoso e sublinhou a dócil "vontade do enviado". Não há dúvida que o evangelho de Tolstói é mais fácil de ser aceito, porque ele está mais próximo da "desgraça" do povo russo. Era preciso

---

37. Alusão ao estado de espírito da maioria dos intelectuais russos após o fracasso da Revolução de 1905.

dar algo a esse povo, por isso ele se queixa, sacode a terra com o seu gemido e afasta do "essencial". Mas *Guerra e Paz* e tudo o mais não apaziguarão a aflição e o desespero da cinzenta terra russa.

Sobre *Guerra e Paz* ele mesmo disse: "Sem falsa modéstia, é como a Ilíada". M. I. Tchaikóvski ouviu de sua boca a mesma apreciação sobre *Infância* e *Adolesência*.

Agora chegaram jornalistas de Nápoles, um deles já veio correndo de Roma. Pedem que eu lhes diga o que penso sobre a "fuga" de Tolstói, eles dizem assim mesmo: "fuga". Eu me neguei a conversar com eles. Vocês compreendem naturalmente que meu espírito está num sobressalto feroz: eu não quero ver Tolstói santo, que permaneça um pecador próximo de coração, do mundo todo impregnado de pecado, próximo para sempre do coração de cada um de nós. Púchkin e ele — não há nada mais sublime e mais querido por nós...

Morreu Leão Tolstói.

Chegou um telegrama, contendo a mais comum das palavras: faleceu.

Isto foi um golpe no coração, solucei de ultraje e angústia, mas agora, num não sei que estado de meia-loucura, ele me aparece tal qual eu o conheci, como o vi; dá uma vontade desesperada de falar dele. Eu o vejo deitado no caixão, como uma pedra lisa no fundo de um riacho, e certamente na sua barba grisalha se esconde um pequeno sorriso enganador e estranho a todos. E as mãos, finalmente unidas calmamente, concluíram a sua lição de forçado.

Lembro-me de seus olhos agudos que viam através de tudo, e do movimento dos dedos como se estivesse sempre esculpindo algo no ar, suas conversas, suas brincadeiras, suas prediletas palavras grosseiras, a sua voz um tanto indefinida.

Eu vejo quanta vida abraçou este homem, e o quanto ele, à diferença dos homens, era inteligente e... terrível.

Eu o vi uma vez, talvez como ninguém nunca o tenha visto: eu ia visitá-lo em Gaspra, estava caminhando à beira-mar, junto da propriedade de Iussupov, bem à beira d'água entre as pedras, reparei em seu vulto pequeno e anguloso, vestido de trapos cinzentos e amassados e chapéu amarfanhado. Estava sentado apoiando as maçãs do rosto com as mãos, entre seus dedos ondulavam os fios prateados da barba, e olhava para longe, para o mar, e vinham a seus pés rolando obedientes, aninhando-se, pequenas ondas esverdeadas, como se estivessem contando algo de si àquele velho sábio. O dia estava colorido, sombras de nuvens se arrastavam nas pedras e com elas ora o velho se iluminava, ora escurecia. As pedras eram enormes, com fendas, cobertas de algas cheirosas: na véspera houvera uma forte ressaca. E também ele me pareceu como uma pedra antiga, reanimada, que conhecesse todos os inícios e finalidades, que pensasse sobre quando e como seria o fim das pedras, das ervas terrestres, das águas do mar, dos homens, do mundo todo, desde as pedras até o sol. O mar faz parte de sua alma, e tudo em sua volta vem dele, sai dele. Na imobilidade pensativa do velho pareceu-me ver algo profético, mágico, afundado na treva debaixo dele, algo perscrutador, no vazio azulado sobre a terra, como se fosse ele, a sua vontade concentrada que atraísse e rechaçasse as ondas, governasse o movimento das nuvens e as sombras, que parecem mover as pedras, despertá-las. E de repente, por alguns momentos de loucura, eu senti que isto era possível! — ele se levanta, agitando o braço e o mar estanca, se cristaliza, as pedras se movem e se põem a gritar, e tudo em volta se reanima, retumba, começa a falar em vozes distintas dele, sobre ele, contra ele. As palavras não podem representar o que eu experimentei então, em minh'alma houve ao mesmo tempo entusiasmo e terror, depois tudo se fundiu numa idéia feliz.

"Eu não sou um órfão na terra enquanto este homem viver nela."

Então, eu caminhava cauteloso, para que os seixos não rangessem sob os pés, caminhei de volta, não querendo atrapalhar os seus pensamentos. E agora sinto-me órfão, escrevo e choro; nunca na vida me aconteceu chorar tão desconsoladamente e com tanto desespero e amargor. Eu não sei se o amei, mas que importa se há amor ou ódio por ele? Ele sempre suscitou em minh'alma sentimentos e emoções imensas, fantásticas; até o sentimento desagradável e hostil provocado por ele, tomava formas que não eram opressivas, e como que explodindo a alma, aumentavam-na, faziam-na mais sensível e elástica. Ele era belo quando, arrastando as solas dos sapatos, como se estivesse nivelando poderosamente as irregularidades do caminho, de repente aparecia de algum lugar, de detrás da porta ou de um canto qualquer, caminhava até você com seu passo miúdo, leve e rápido de um homem habituado a caminhar muito pela terra e, enfiando os polegares atrás do cinturão, detinha-se por um momento, voltava-se rápido, com o seu olhar em garra que imediatamente reparava em tudo novo e instantaneamente extraía o significado de todas as coisas.

— Como vai?

Eu sempre interpretei estas palavra assim: "Como vai? — Para mim não há muito prazer e para você não há muito proveito nisso, mas assim mesmo: como vai?"

Ele aparecia: era miúdo. E no mesmo instante todos se tornavam menores que ele. A barba de mujique, as mãos grosseiras mas extraordinárias, a roupa comum e todo esse cômodo democratismo exterior enganava a muitos e com freqüência acontecia ver como os russos, acostumados a receber o homem "pela vestimenta" — um velho costume de escravos! — começavam a difundir aquela cheirosa doçura da "franqueza", que seria mais correto qualificar de "relação *ami cochon*".

"Ah, você é nosso irmão! Isto é que é! Finalmente eu me encontrei com o maior filho de minha terra! Seja sempre feliz e eu o saúdo!"

Isto é maneira russo-moscovita — simples e sincera — e agora, também algo russo, "livre-pensador".

"Lev Nicoláievitch! Não concordando com seus pontos de vista filosófico-religiosos, mas respeitando profundamente um grande artista..."

E de repente, por debaixo da barba de mujique, sob a blusa democrática e amarfanhada, eleva-se o velho padrão russo, o magnífico aristocrata, então os narizes das pessoas sinceras, instruídas, etc.... azulavam no mesmo instante com um frio intolerável. Era agradável ver esta criatura de sangue puro, observar a graça e a nobreza de seus gestos, o orgulhoso controle de seu discurso, ouvir a elegante precisão da palavra "assassina". Havia nele tanto de patrão quanto era necessário aos escravos. E quando provocavam em Tolstói o padrão, ele se apresentava fácil e livremente, esmagava-os tanto, que eles apenas se encolhiam e choramingavam.

Um dia eu estava retornando de Iásnaia Poliana para Moscou com um desses "sinceros" russos — um moscovita, e por muito tempo ele não pôde recuperar o fôlego, sorria o tempo todo lastimoso e repetia confuso:

— Ah, foi um banho. Ele é muito duro... irra!

E, entre outras coisas, exclamou com evidente pesar:

— Na verdade eu pensei que fosse de fato anarquista. Todos repetem: anarquista, anarquista, e eu acreditei...

O homem era rico, grande industrial, tinha barriga enorme e rosto gordo cor de carne: para que precisava ele que Tolstói fosse um anarquista? Um dos "profundos mistérios" da alma russa.

Se Lev Nicoláievitch queria agradar, conseguia isto mais facilmente que uma mulher inteligente e bonita. Havia em sua casa diferentes pessoas: o Grão-Príncipe Nicolai Mikháilovitch, o pintor de paredes Iliá, um social-democrata de Ialta, o *estundista* Patsuk, um músico qualquer, um alemão, administrador da condessa de Kleinmichel, o poeta Bulgakov, e todos dirigiam para ele o mesmo olhar apaixonado. Expõe para eles os ensinamentos de Lao-Tsé, e eu tenho a impressão de que ele é um extraordinário homem-orquestra, possuidor da capacidade de tocar simultaneamente vários instrumentos: tuba, tambor, harmônica e flauta. Eu o olhava exatamente como todos os outros. E agora eu gostaria de olhá-lo ainda uma vez, e não o verei nunca mais.

Chegam jornalistas, afirmaram que em Roma se recebeu um telegrama "desmentindo o rumor sobre a morte de Leão Tolstói". Agitavam-se, tagarelavam, expressando palavrosamente simpatia pela Rússia. Os jornais russos não deixavam margem a dúvida.

Mentir para ele era impossível, até mesmo por compaixão; mesmo quando ele estava muito doente, não a suscitava. É muito vulgar compadecer-se de pessoas como ele. É necessário cuidar delas e não cobri-las com um punhado de palavras desgastadas, sem alma.

Ele perguntava:

— Não gosta de mim?

Era necessário dizer: "Não, não gosto".

— Você não gosta de mim? — "Não, hoje eu não gosto de você."

Era implacável nas perguntas, reservado nas respostas, como é próprio de um sábio.

Falava de modo admiravelmente belo sobre o passado, principalmente sobre Turguêniev[38]. Sobre Fet, com um sorriso bonachão e sempre alguma coisa engraçada; sobre Niekrassov, com firmeza e cético; mas de todos os escritores exatamente como se eles fossem seus filhos, e ele, o pai, conhecesse todas as suas deficiências... e pronto! – ele sublinha as coisas más antes das boas. Toda vez que ele falava mal de alguém, parecia-me que estava dando esmolas aos seus ouvintes, era embaraçoso ouvir sua opinião, os olhos baixavam sem querer sob o seu sorrisinho agudo e não ficava nada na memória.

Uma vez ficou demonstrando exaustivamente que G. I. Uspiênski[39] escrevia na língua de Tula e não tinha nenhum talento. Ele mesmo disse para A. P. Tchekhov, em minha presença:

– Que escritor! Pela força de sua sinceridade lembra Dostoiévski, só que Dostoiévski foi politiqueiro e foi um *coquete*, enquanto Uspiênski é mais simples, mais sincero. Se ele acreditasse em Deus daria um sectário qualquer.

– Mas você não disse que ele é um escritor de Tula e não tem talento?

Escondeu os olhos debaixo do cenho peludo e respondeu:

– Ele escrevia mal. Que linguagem a dele? Há mais sinais de pontuação do que palavras. O talento é amor. Quem ama, sempre é talentoso. Veja os namorados, todos têm talento!

Ele falava de Dostoiévski com má vontade, com muita tensão, um tanto evasivo, como se estivesse reprimindo alguma coisa:

38. I. S. Turguéniev (1818-1883).
39. G. I. Uspiênski (1840-1902).

— Ele deveria estudar a doutrina de Confúcio ou dos budistas, isto o tranqüilizaria. É o mais importante que cada um deve conhecer. Ele era um homem de carne rebelde, quando se zangava apareciam-lhe bossas sobre a calva e mexia as orelhas. Sentia muito, mas pensava mal: ele aprendeu a pensar com os fourieristas, com Butachévitch[40] e outros. Depois ele detestou-os a vida inteira. Em seu sangue havia alguma coisa de judeu. Era desconfiado, cheio de amor próprio, difícil e infeliz. É estranho que o leiam tanto, não compreendo por quê? Na verdade é pesado e inútil, porque todos esses Idiotas, adolescentes, Raskólnikovs e tudo o mais... as coisas não foram assim, tudo foi mais simples, mais compreensível. Mas fazem mal de não ler Leskóv[41], um verdadeiro escritor, você leu?

— Sim. Gosto muito, principalmente a linguagem.

— A língua ele conheceu maravilhosamente, até os truques. É estranho que você goste dele, você, não sei, não é russo, não tem um pensamento russo, não se sinta ofendido por eu lhe dizer isso, está bem? Eu sou velho e talvez não possa compreender a literatura atual, mas me parece que ela não é russa. Começaram a escrever uns versos diferentes, eu não sei por que estes versos e para quem são. É preciso aprender versos com Púchkin, Tiutchev, Chênchin[42]. Você — dirigindo-se para Tchekhov — você é russo! Sim, muito, muito russo.

40. O revolucionário M. V. Butachévitch-Pietrachévski (1821--1866).

41. Nikolai Leskóv (1831-1895).

42. A. Tiutchev (1803-1873), poeta; Chênchin, sobrenone verdadeiro do poeta que se consagrou com o pseudônimo de A. A. Fet (1820-1892).

E com um sorriso carinhoso abraçou A. P. Tchekhov, mas este ficou encabulado e começou a falar, com voz fraca de baixo, alguma coisa de casa de veraneio e sobre os tártaros.

Ele gostava de Tchekhov e sempre que olhava para ele, dava a impressão de acariciar o rosto de A. P. com seu olhar, tornava-se quase sempre terno nestes momentos. Uma vez A. P. estava caminhando por uma trilha no parque com Alexandra Lvovna, e Tolstói ainda doente então, sentado numa poltrona no terraço, seguiu-os com os olhos, dizendo a meia voz:

— Ah, que querido, que belo homem: modesto e tranqüilo como uma senhorita! E caminha como uma senhorita. Ele é simplesmente maravilhoso!

Certa vez, ao pôr-do-sol, franzindo a testa, movendo as sobrancelhas, ele lia a versão daquela cena de *Padre Sérgio*[43] onde se conta como a mulher ia seduzir o monge; leu-a inteira, soergueu a cabeça e fechando os olhos disse com toda clareza:

— Escreveu muito bem o velho, muito bem!

Isto saiu com extraordinária simplicidade, seu deslumbramento por esta beleza era tão sincero que eu nunca esquecerei o entusiasmo que eu senti então — entusiasmo que eu não podia, não sabia expressar, mas reprimi-lo custava-me enorme esforço. Até meu coração parou por um momento, mas depois tudo em meu redor se tornou vitalmente novo e viçoso.

Era necessário ver como ele falava para compreender a singular inexprimível beleza de seu discurso, é como se estivesse incorreto, com repetições numerosas das mesmas palavras, saturado da simplicidade camponesa. A força de suas palavras não estava somente na sua entonação, não só

---

43. Novela de Tolstói.

na expressão do rosto, mas no jogo e no brilho de seus olhos, os mais eloqüentes olhos que eu já vi. Lev Nicoláievitch tinha mil olhos num só par.

Suler, Tchekhov, Serguéi Lvóvitch e mais alguém, sentados no parque, falavam sobre mulheres; ele, calado, ouviu por muito tempo. De repente disse:

— Eu direi a verdade sobre as mulheres, quando estiver com uma perna no túmulo, direi e saltarei no caixão, fechando a tampa imediatamente. — Apanhem-me então! — E seu olhar inflamou-se tão terrivelmente zombeteiro, que todos se calaram por alguns instantes.

Eu penso que existia nele uma atrevida e inquiridora traquinagem de um Vaska Busláiev[44], e uma parte do espírito obstinado do arcipreste Avakum, enquanto em algum lugar mais acima ou do lado escondia-se o ceticismo de Tchaadáiev[45]. O elemento avakuniano doutrinava e atormentava a alma do artista, o pícaro novgorodiano derrubava Shakespeare e Dante, enquanto o elemento chaadaieviano ria-se desses divertimentos da alma, até a propósito de seus tormentos.

E o antigo homem russo derrotava a ciência e o estado, atingindo um anarquismo passivo, devido à esterilidade de todos os seus esforços para construir uma vida mais humana.

É surpreendente! Este traço característico de Busláiev em Tolstói foi percebido por força de alguma intuição misteriosa, por Olaf Gulbranson, caricaturista de *Simplicissimus*[46]:

---

44. Personagem das canções épicas transmitidas pela tradição oral e conhecidas pelo nome de *bilina*.
45. P. I. Tchaadáiev (1794-1856), escritor e filósofo que se voltou contra os homens e coisas da Rússia do seu tempo.
46. Revista alemã da época.

prestem atenção no seu desenho, quanto há nele de semelhança incisiva com o Tolstói real, que inteligência atrevida neste rosto de olhos encobertos, escondidos, para quem não há sacrários intocáveis, e que não acredita "nem no espirro, nem no sonho, nem no pio do passarinho".

O velho mago pára diante de mim, alheio a todos, um solitário viajante através de todos os vácuos do pensamento na busca da verdade universal e que não a encontrou nem para si, olho para ele e, embora a dor desta perda, estou orgulhoso de ter visto este homem e isto ameniza um pouco o meu sofrimento e aflição.

Era estranho ver Lev Nicoláievitch entre os "tolstoianos"; ergue-se um campanário majestoso, e o sino soa incansável para o mundo inteiro, enquanto ao seu redor correm cachorrinhos pequenos e cautelosos, ganem acompanhando o sino e espiam desconfiados um para o outro: quem uivou melhor? Sempre me pareceu que em sua casa de Iásnaia Poliana e no palácio da Condessa Pânina, estas pessoas estavam completamente impregnadas de hipocrisia, de covardia, de um mesquinho "mercantilismo" e também de espera da herança. Os "tolstoianos" têm algo em comum com aqueles peregrinos que vagueiam pelos rincões mais perdidos da Rússia, levando consigo ossos de cachorro, fazendo-os passar por relíquias, e comerciam com as "trevas do Egito" e com as "lagrimazinhas da Virgem". Lembro-me como um daqueles apóstolos em Iásnaia Poliana negou-se a comer ovos para não melindrar as galinhas, mas na estação de Tula comeu carne com apetite e disse:

— O velhinho exagera!

Quase todos eles gostam de suspirar, de se beijar[47], todos têm as mãos suarentas e moles e olhos hipócritas. E

---

47. Velho hábito popular russo.

ao mesmo tempo são pessoas práticas, que se acomodam habilmente em suas ocupações terrenas.

Lev Nicoláievitch, naturalmente, compreendia muito bem o preço real dos "tolstoianos", isto era claro também para Sulerjítski, de quem ele gostava muito e sobre quem falava sempre com um calor juvenil, com exaltação. Uma vez, em Iásnaia Poliana, alguém contou com grande eloqüência como era bom viver para Tolstói e como sua alma se tornara pura depois que seguira os ensinamentos dele. Lev Nicoláievitch inclinou-se para mim e disse baixinho:

— Ele mente, o velhaco, mas ele faz isto para me ser agradável...

Muitos se esforçavam para lhe agradar, mas eu não notei que eles fizessem isto bem ou com alguma habilidade. Ele quase nunca me falava de seus temas prediletos: o perdão universal, o amor ao próximo, o Evangelho e o budismo, evidentemente porque compreendia no mesmo instante que tudo seria "pregação no vazio". Eu apreciava isto profundamente.

Quando ele queria, chegava a ser particularmente delicado, fino, brando, sua linguagem era fascinantemente simples, elegante; mas algumas vezes ouvi-lo era penoso e desagradável. Nunca me agradou sua opinião sobre as mulheres, nisto ele era excessivamente "popularesco", e algo de artificial soava em suas palavras, algo de insincero e ao mesmo tempo muito pessoal. Como se uma vez o tivessem insultado e ele não pudesse esquecer, nem perdoar. Na tarde de meu primeiro encontro com ele, levou-me até seu escritório, em Khamóvniki[48], fez-me sentar em sua frente e começou a falar sobre *Várenka Oléssova* e *Vinte e seis e uma*. Eu me

---

48. Bairro de Moscou.

sentia destruído pelo seu tom, até me desconcertei, ele falava franca e rudemente, mostrando-me que numa jovem sadia o pudor não é natural.

— Se uma jovem já tem quinze anos e é saudável, deseja que a abracem, que a apalpem. Sua mente ainda tem medo do desconhecido, do incompreensível, e é isto que chamam de castidade, pudor. Mas o seu corpo já sabe que o incompreensível é inevitável, legítimo e exige o cumprimento das leis, apesar da razão. Agora, esta Várenka Oléssova descrita por você como sadia, tem sentimentos de magricela, e isto é mentira!

Depois ele começou a falar sobre a jovem de *Vinte e seis e uma*, pronunciando palavras "indecentes", com uma simplicidade que me pareceu cinismo e até me ofendeu um pouco. Mais tarde eu compreendi que ele usava estas palavras "renegadas", somente porque as considerava mais exatas e incisivas, mas naquele tempo sua linguagem me era desagradável. Eu não lhe repliquei, de repente ele se tornou amável, carinhoso, e passou a me perguntar como eu vivia, o que estudava, o que lia.

— Disseram-me que você leu muito, isto é verdade? Korolenko é um músico?

— Parece-me que não. Não sei.

— Não sabe? Não lhe agradam os seus contos?

— Sim, muito.

— Isto é por causa do contraste. Ele é lírico, você não é. Você leu Weltmann?[49]

— Sim.

— Não é verdade que ele é um bom escritor, combativo, exato e sem exageros? Algumas vezes ele é melhor que Gógol. Ele conhecia Balzac. E Gógol imitou Marlínski[50].

---

49. O escritor A. F. Weltmann (1800-1870).

Quando eu lhe disse que Gógol provavelmente foi influenciado por Hoffmann, Sterne e talvez Dickens, retrucou, olhando-me:

— Você leu isto em alguma parte? Não? Isto não é verdade. Gógol provavelmente nem conhecia Dickens. Mas você realmente leu muito, olhe, isto é perigoso! Koltsóv[51] arruinou-se por causa disso.

Acompanhando-me, abraçou-me, beijou-me e disse:

— Você é um verdadeiro mujique. Você encontrará muita dificuldade de viver entre os escritores, mas não tenha medo de nada, fale sempre o que você sente, mesmo que seja rude não tem importância! As pessoas inteligentes compreenderão.

Esta primeira entrevista causou-me impressão dúplice: eu estava contente e orgulhoso por ter visto Tolstói, mas sua conversa comigo me lembrava um pouco um exame, era como se tivesse visto não o autor de *Cossacos, Kholstomier*[52], *Guerra e Paz*, mas um grão-senhor que, fazendo concessão, considerou necessário falar comigo em certo "estilo popular", a linguagem das ruas e das praças, e isto subvertia minha idéia sobre ele: uma idéia com que eu me acostumara e que me era muito querida. Eu o vi em Iásnaia Poliana uma segunda vez. Era um dia sombrio de outono, chuviscava e ele estava com um pesado sobretudo e altas botas de couro de andar na lama, levou-me para passear no Bosque de Bétulas, ele salta por sobre as valas e as poças como um garoto, sacode os pingos de chuva dos galhos com a sua cabeça e conta

---

50. A. A. Bestujev-Marlínski (1797-1837), autor de novelas ultrabyronianas.

51. Koltsóv (1808-1842), autodidata, que escrevia canções simples, ingênuas e melancólicas sobre a vida cotidiana do camponês.

52. Conhecida no Brasil como *História de um Cavalo*.

magnificamente como Chênchin explicou-lhe Schopenhauer neste bosque. E com a mão carinhosa acaricia amoroso os úmidos e acetinados troncos das bétulas.

— Recentemente li não sei onde alguns versos:

"Não há mais fungos nos barrancos,
Ficou cheiro úmido a fungal..."

É muito bom, muito verdadeiro!

De repente, uma lebre rolou até nós. Lev Nicoláievitch deu um pulo, arrepiou-se todo, seu rosto iluminou-se de rubor, e gritou forte, igual a um velho caçador. Depois olhou para mim com um sorriso indescritível e desatou num riso inteligente, um riso humano. Ele estava belíssimo naquele momento.

Outra feita, também lá no parque, ele viu um abutre que pairava livremente sobre o curral, fazia círculos e parava no ar, mal balançando-se sobre as asas, sem se decidir: golpear agora ou é muito cedo? Lev Nicoláievitch esticou-se todo, cobriu os olhos com a palma da mão e sussurrou trêmulo:

— O malvado mira nossas galinhas. Agora, é agora... oh, tem medo! O cocheiro está lá? É necessário chamar o cocheiro...

E chamou. Quando ele gritou, o abutre se assustou, alçou vôo, jogou-se para um lado e sumiu. Lev Nicoláievitch suspirou e falou com uma clara autocensura:

— Não era preciso gritar, ele ia mesmo fugir...

Uma vez, falando sobre Tiflis, mencionei o nome de V. V. Fleróvski-Bérvi.

— Você o conheceu? — perguntou animado Lev Nicoláievitch. — Diga-me: como é ele?

Eu lhe disse como Fleróvski era alto, magro, barba comprida, com olhos enormes, usando uma comprida túnica de brim, atada no cinto uma trouxa de arroz cozido em vinho tinto, armado com um enorme guarda-chuva de algodão, vagueava comigo pelas sendas das montanhas da Transcaucásia. Uma vez, numa apertada senda, nós nos deparamos com um búfalo e prudentemente nos afastamos dele, ameaçando o animal com o guarda-chuva aberto, recuando de costas, e expondo-nos a cair no precipício.

De repente, eu notei lágrimas nos olhos de Lev Nicoláievitch, isto me confundiu e eu me calei.

— Isto não é nada, fale, fale! Isto me vem da alegria de ouvir falar de um homem de bem. Que interessante! Foi assim mesmo que eu o imaginei, um homem diferente. Entre os escritores radicais ele é o mais maduro, o mais inteligente; em seu *ABC* está muito bem demonstrado que toda nossa civilização é bárbara, que a cultura é ocupação das tribos pacíficas, ocupação dos fracos e não dos fortes, a luta pela existência é uma invenção mentirosa para justificar o mal. Você, naturalmente, não concorda com isto? Agora, quanto a Daudet estou de acordo, você se lembra de seu Paul Astier?

— Mas como concordar com a teoria de Fleróvski, ainda que seja sobre o papel dos normandos na história da Europa?

— Normandos? Isto é outra coisa!

Se ele não queria responder, dizia sempre: "Isto é outra coisa!"

Sempre me pareceu, eu creio que não me engano, que Lev Nicoláievitch não gostava muito de falar sobre literatura, mas se interessava vivamente pela personalidade do escritor. Perguntas como: "Você o conhece? Como é ele? Onde nasceu?" — eu ouvi muitas vezes. E quase sempre suas opiniões desvendavam uma faceta particular da pessoa.

A propósito de V. G. Korolenko, ele disse pensativo:

— Não é um grande-russo, por esse motivo ele deve ver nossa vida melhor e mais verdadeiramente que nós mesmos[53].

Sobre Tchekhov, que ele amava ternamente:

— A medicina o atrapalha, se não fosse médico, escreveria ainda melhor.

Sobre um de nossos jovens:

— É fingindo-se de inglês que o moscovita só consegue o pior.

Ele me disse mais de uma vez:

— Você anda inventando. Todos estes seus Kuvaldas são inventados.

Eu lhe disse que Kuvalda era um homem real.

— Diga-me, onde você o viu?

Ele se divertiu muito com a cena em Kazã, na sala do juiz de paz Kolontáiev, onde eu pela primeira vez vi o homem descrito por mim com o nome de Kuvalda.

— Sangue azul! — disse ele rindo e enxugando as lágrimas. — Sim, sim, sangue azul! Como é simpático, como é divertido! Mas você fala melhor do que escreve. Não, você é romântico, um inventor, confesse!

Eu disse que na verdade todos os escritores são de certo modo inventores, descrevem as pessoas como as gostariam de ver na realidade; disse-lhe também que apreciava as pessoas ativas que desejam resistir a toda a maldade da vida, por todos os meios, até mesmo pela violência.

— Mas a violência é o maior mal! — exclamou ele, tomando-me pela mão. Como você sairá desta contradição, inventor? Veja, o seu *Meu Companheiro de Estrada* não é inventado, isto é bom porque não foi imaginado. Mas quando

---

53. Korolenko era ucraniano e a Ucrânia era chamada freqüentemente de "Pequena Rússia".

você pensa, nascem-lhe uns paladinos, são todos uns Siegfrieds e Amadises...

Eu observei que enquanto vivermos a vizinhança apertada de nossos "companheiros de estrada", inevitáveis, de aparência humana, tudo será construído por nós num terreno movediço, num meio hostil.

Ele sorriu com ironia e deu-me uma ligeira cotovelada:

— Daqui se podem tirar conclusões muito, muito perigosas! Você é um socialista duvidoso. Você é um romântico e os românticos devem ser monarquistas, eles têm sido sempre assim.

— E Hugo!

— Hugo, é outra coisa. Eu não gosto dele, é um barulhento.

Ele muitas vezes me perguntava o que eu lia e sempre me censurava se eu tinha escolhido, na sua opinião, um mau livro.

— Gibbon é pior que Kostomarov[54]; é necessário ler Mommsen, é muito tedioso, mas bem sólido.

Quando ele soube que o primeiro livro lido por mim fora *Irmãos Zemganno*[55], ele se indignou:

— Veja, é um romance imbecil. Foi justamente por isto que você se estragou. Os franceses têm três escritores: Stendhal, Balzac, Flaubert, bem, ainda Maupassant, porém Tchekhov é melhor que ele. Os Goncourts são os próprios palhaços, eles somente fingiram ser sérios. Aprenderam a vida nos livros, escritos por inventores como eles próprios, e pensaram que esta fosse uma ocupação séria, mas isto não faz falta a ninguém.

---

54. O historiador russo N. I. Kostomarov (1817-1885).
55. Romance dos irmãos Goncourt.

Eu não concordei com sua apreciação, e isto irritou um pouco Lev Nicoláievitch: ele suportava mal ser contraditado e algumas vezes suas opiniões adquiriam um caráter estranho, manhoso.

— Não há nenhuma degeneração, — disse ele — é uma invenção do italiano Lombroso, e depois dele, como um papagaio, grita o judeu Nordau. A Itália é um país de charlatães e aventureiros; lá nascem somente Aretinos, Casanovas, Cagliostros e outros que tais.

— E Garibaldi?

— Isto é política, é outra coisa!

Sobre uma série de fatos tomados da história da vida das famílias de comerciantes na Rússia, ele respondeu:

— É mentira, só escrevem isto nos livros inteligentes...

Eu lhe contei a história de três gerações de uma família de comerciantes minha conhecida, é uma história onde a lei da degeneração atuou de forma particularmente cruel; então ele ficou agitado, puxando-me pela manga, procurando convencer:

— Sim, isto é verdade! Isto eu sei, em Tula há duas famílias assim. É necessário escrever sobre isto. É preciso escrever sucintamente um grande romance, compreende? Sem falta!

E seus olhos brilharam ávidos.

— Mas então serão paladinos, Lev Nicoláievitch!

— Deixe disso! Isto é muito sério. Aquele que se faz monge para rezar por toda a família, é maravilhoso! Isto é autêntico: você peca e eu vou espiar seus pecados. E outro que se entedia, o construtor ganancioso, também é verdade! E ele bebe, e é uma fera, um homem depravado e ao mesmo tempo ama a todos, e de repente, mata. Ah, isto é muito bom! Isto é que é preciso escrever, mas não se deve procurar heróis entre ladrões e mendigos, não se deve! Os heróis são mentira, uma invenção, existem simplesmente pessoas, pessoas e nada mais.

Ele freqüentemente indicou-me os exageros cometidos por mim nos contos, mas uma vez, falando sobre a segunda parte de *Almas Mortas*, disse, rindo bonachão:

— Nós todos somos terríveis inventores. Eu mesmo, às vezes, quando escrevo, de repente sinto pena de algum personagem, para compensar eu lhe coloco alguma boa qualidade e que eu suprimo de um outro, para que com aqueles que estão a seu lado não pareçam tão negros.

E imediatamente, num tom severo de juiz inflexível:

— Por este motivo, eu digo que a arte é uma mentira, um engano, uma arbitrariedade, e é prejudicial aos homens. Não se escreve sobre o fato de que existe a vida autêntica, mas simplesmente aquilo que você pensa sobre a vida, você mesmo. A quem pode ser útil saber como eu vejo aquela torre, este mar ou um tártaro, em que isto interessa, para que é necessário?

Por vezes suas idéias, os seus sentimentos me pareciam manhosos e até mesmo intencionalmente distorcidos, mas muitas vezes ele surpreendia e confundia as pessoas, justamente pela retidão severa do seu pensamento, como Jó, o intrépido interpelador de um Deus cruel.

Ele contou:

— Caminhei outro dia, no fim de maio, pela estrada de Kiev; a terra é um paraíso, tudo está exultante, o céu sem nuvens, os pássaros cantam, as abelhas zumbem, o sol, tão agradável, e tudo em redor está em festa, em volta tudo é festivo, humano, magnífico. Eu estava comovido até às lágrimas e me sentia também como uma abelha a quem foram dadas as melhores flores da terra, sentia Deus bem perto de meu íntimo. De repente eu vi: ao lado da estrada, debaixo dos arbustos, um peregrino e uma peregrina que se esfregavam um sobre o outro, ambos cinzentos, sujos, envelhecidos; mexiam-se como vermes e mugiam, sussurravam, e o sol sem compaixão aclarava as pernas nuas e azuladas, os seus corpos frágeis. Isto me golpeou no íntimo. Deus, tu que és o criador da beleza, como não te envergonhas? Aquilo me fez muito mal...

— Sim, está vendo o que acontece. A natureza — os "bogomilos"[56] a consideravam uma criação do diabo — zomba muito cruelmente dos homens, ela os faz sofrer: a força se vai, fica o desejo. Isto é para as pessoas que têm a alma viva. Somente o homem pode provar toda a vergonha e o terror desta angústia no corpo que lhe foi dado. Nós carregamos isto como uma punição inevitável, mas por qual pecado?

Enquanto contava isto, seus olhos mudavam estranhamente, ficavam ora lastimáveis, infantis, ora secos, duros e brilhantes. Os lábios estremeciam e os bigodes arrepiavam-se. Quando terminou, ele retirou um lenço do bolso da blusa e enxugou com força o rosto, embora estivesse seco. Depois arrumou a barba, com os dedos em gancho de sua vigorosa mão de mujique e repetiu baixinho:

— Sim, por qual pecado?

Uma vez, nós caminhamos pela estrada do vale, de Diulber a Ai-Todor. Caminhando ligeiro como um jovem, ele disse um pouco mais nervoso que de costume:

— A carne deve ser o cachorro dócil do espírito, correr só para onde ele mandar, e nós, como vivemos? A carne se agita, revolta, o espírito segue-a impotente e miserável.

Ele esfregou com força o peito, bem perto do coração, levantou as sobrancelhas e recordando, prosseguiu:

---

56. "Bogomilos" — seita religiosa que existia na Rússia tzarista.

— Em Moscou, perto de Sukháreva, numa ruela perdida, eu vi no outono uma mulher embriagada. Ela estava estendida bem junto do passeio. Na entrada do pátio, corria um fio dágua num rego imundo à direita, debaixo da nuca e das costas da mulher; estava ela nesta lavagem fria, agitava-se, balbuciava, fazia estalar seu corpo sobre o molhado, mas não conseguia levantar-se.

Ele se sacudiu, franziu o sobrolho, agitou a cabeça e continuou baixinho:

— Sentemo-nos aqui... uma mulher embriagada é o que pode haver de mais horrível, mais repugnante. Eu queria ajudá-la a se levantar, mas não podia, tive nojo. Ela estava toda pegajosa, molhada, tocando-se nela, as mãos não se limpariam por um mês, um horror! E num marco de pedra muito perto dali estava sentado um menino loiro de olhos cinzentos, corriam-lhe lágrimas pelas faces, ele fungava e arrastava num tom cansado, sem esperança:

— Ma... ma... mãe... mã... mamãe... zinha, levante-se!

Ela move as mãos, grunhe, ergue a cabeça e outra vez, plaft! — deixa cair a nuca na lama.

Calou-se, depois voltou a cabeça em redor, repetiu intranqüilo, quase num murmúrio:

— Sim, sim, é terrível! Você já viu muitas mulheres embriagadas? Muitas, ah, Deus meu! Mas não escreva sobre isso, não se deve!

— Por quê?

Espiou-me bem nos olhos e, sorrindo, repetiu:

— Por quê?

Depois, pensativo, disse lentamente:

— Não sei. Eu disse à-toa... dá vergonha escrever sobre porcarias. Mas... por que não escrever? Não, é necessário escrever tudo, sobre todas as coisas...

Em seus olhos viam-se lágrimas. Ele as enxugou e, sorrindo ainda, olhou no lenço, enquanto novas lágrimas lhe corriam pelas rugas.

— Choro, disse ele. — Eu sou um velho e o meu coração se parte quando me recordo de alguma coisa horrível.

E dando-me uma cotovelada ligeira:

— Veja, você viverá também sua vida e, depois de tudo, verá que ela ficou exatamente como era antes, então você também chorará ainda pior que eu, "aos baldes", como dizem as camponesas... mas é necessário escrever tudo, tudo mesmo; de outro modo o menino loiro se ofenderia, reprovaria: é mentira, nem tudo é verdade, diria. Ele é muito severo com a verdade!

De repente, ele se agitou todo e acrescentou com voz bondosa:

— Então, conte algo, você narra muito bem. Qualquer coisa sobre sua infância. Não acredito que você tenha sido pequeno, porque você é estranho. Como se tivesse nascido adulto. Nos seus pensamentos há muita infantilidade, imaturidade, mas você conhece bastante a vida; mais não é necessário. Então, conte-me...

E deitando-se comodamente debaixo do pinheiro, sobre suas raízes descobertas, ficou observando como as formigas se afanavam e se ocupavam com as folhas.

No meio daquela natureza meridional, insólita ao nortista pela diversidade, no meio aquela vegetação vaidosamente luxuosa e arrogantemente desenfreada, ele, Leão Tolstói — e só o nome já denuncia a sua força interior! — é um homem pequeno, todo ligado por umas raízes muito fortes, profundamente cravadas na terra, todo anguloso, no meio, eu digo, da arrogante natureza da Criméia, ele estava e ao mesmo tempo não estava no lugar. Parecia um homem muito antigo e como se fosse o dono de toda a redondeza — dono e criador — que voltava a visitar o domínio por ele criado depois de um século de ausência. Muitas coisas foram esquecidas por ele, outras eram novidade: tudo está como deveria ser, mas não completamente, e é preciso descobrir imediatamente o que não está certo e por quê.

Ele anda pelos caminhos e pelas sendas, com a marcha apressada e veloz de quem prova a terra com os olhos aguçados, dos quais não se ocultava nenhuma pedra e nem uma única idéia, vê, mede, apalpa, compara. E atira em torno de si uns grãos vivos de um pensamento indomável. Ele diz a Suler:

— Você, Lióvuchka, não lê nada, isto não é bom porque o faz confiante demais. Górki lê muito, isto também não é bom, isto é desconfiança em si. Eu escrevo muito, isto não é bom, porque isso vem do meu amor-próprio de velho, do desejo de que todos pensem como eu. É natural que eu pense que isto é bom para mim, e Górki pensa que para ele isto não é bom, mas você simplesmente não pensa; pisca os olhos, examina, procura alguma coisa em que possa agarrar-se. E você se agarra em alguma coisa que não é da sua conta, isto já aconteceu com você. Agarra, apóia-se, mas quando começa a desprender-se de você, nem procura reter. Tchekhov tem um conto magnífico *Queridinha*, você é quase semelhante a ela.

— Em quê? — perguntou Suler rindo.

— Amar você ama, mas não sabe escolher e se desperdiça todo com bobagens.

— E todos são assim?

— Todos? — repetiu Lev Nicoláievitch — Não, nem todos.

E inesperadamente me perguntou, parecia um soco:

— Por que você não acredita em Deus?

— Não tenho fé, Lev Nicoláievitch.

2. SOBRE LEÃO TOLSTÓI

Boris Eichenbaum

Até agora nós pensamos e falamos ingenuamente em dois Tolstóis: o Tolstói de antes da assim chamada crise e o Tolstói de após. Até agora gostamos de falar sobre a sua "doutrina", sobre sua visão de mundo, etc. ... Até hoje lastimamos que Tolstói "tenha deixado" de ser um artista e se tenha tornado um moralista. Enfim, até agora julgamos Tolstói através de sua própria *Confissão*. Fizemos de Tolstói um ícone e nos acostumamos a isso.

Uma visão nova e perfeitamente coesa da imagem de Tolstói deu-nos Máximo Górki em suas *Reminiscências*. Para as pessoas ingênuas aqui está algo que pode causar perplexidade. Tolstói sem "tolstoísmo" — ele como tal, falando mal e sentimentalmente de Cristo ("como se receasse: venha Cristo numa aldeia russa e as garotas zombarão dele"), mais um assustador feiticeiro do que um profeta, em quem "além de tudo o que ele diz, há muita coisa que silencia sempre", o que parece para Górki "o mais profundo e cruel niilismo que cresceu no terreno do desespero e solidão infinitos e inabaláveis, e que provavelmente ninguém antes deste homem tenha experimentado com tão terrível nitidez"; Tolstói, falando fria e cansativamente sobre o amor a Deus; Tolstói "não é um tentilhão"; Tolstói, com o seu discurso surpreendentemente grosseiro, quando, em suas conversas, falava sobre mulheres:

> Eu direi a verdade sobre as mulheres, quando estiver com uma perna no túmulo − direi e saltarei no caixão, fechando a tampa imediatamente: − Apanhem-me então! E seu olhar inflamou-se tão terrivelmente zombeteiro, que todos se calaram por alguns instantes[1].

Górki liberta Tolstói do "tolstoísmo" e mostra-nos sua fisionomia realmente vigorosa, gigantesca, terrivelmente russa. Outro problema seria libertar Tolstói dos historiadores de literatura. O que existe aqui é a mesma representação sacra, lastimável, um clichê. Existe somente um livro de espírito admiravelmente livre, e por algum motivo esquecido, único em toda a literatura sobre Tolstói, que fala o mais necessário e fala com vigor, com brio: o livro de C. Leôntiev[2] *Sobre os Romances do Conde L. N. Tolstói*, escrito em 1890 e reeditado em 1911. Um livro inusitadamente corajoso para o seu tempo e que prenuncia muito daquilo que somente agora começa a entrar na consciência. Apressando-se e se agitando, C. Leôntiev procura palavras para aquilo sobre o que não somente naquele tempo, mas também agora, ainda poucos consideram ser necessário pensar e falar:

1. Interessante que quase as mesmas palavras de Tolstói sobre as mulheres encontram-se nas *Memórias* de V. Lazúrski (Moscou, 1911, p. 6): "L. N. começou a falar brincando, que ele manifestaria sua opinião categórica a respeito das mulheres somente quando já se sentisse quase no túmulo: 'Então vou pôr a cabeça de fora, vou dizer tudo e me esconder em seguida, mas agora não se pode − iriam estraçalhar-me com os bicos'."

2. O escritor e crítico C. N. Leôntiev (1831-1891).

A linguagem, ou falando de maneira mais geral e antiga, **o estilo**, ou ainda expressando isto de outra forma, a maneira de contar, é um objeto exterior, mas este objeto exterior na literatura é o mesmo que o rosto e as maneiras do homem: ela é **o mais evidente**, a expressão externa da mais secreta vida do espírito, **mais interior** (...) nas obras literárias existe algo quase inconsciente, ou de fato inconsciente e profundo, que se manifesta com uma clareza espantosa justamente **nos procedimentos exteriores**, no fluxo geral do discurso, em seu ritmo, na escolha das próprias palavras.

Todo o livro de Leôntiev é sobre estes "procedimentos exteriores", apanhados com extraordinária intuição e agudez. As perguntas colocadas são completamente inesperadas na atmosfera daquele tempo, falando de que Tolstói aperfeiçoou o realismo até o fim, Leôntiev escreve:

> Seria impossível superá-lo no estágio atingido por ele, porque toda escola artística possui, como tudo na natureza, seu limite e seu ponto de saturação. Isto é tão exato que o próprio Conde Tolstói depois de *Ana Karênina* começou a sentir necessidade de buscar outro caminho – o caminho dos contos populares e o da doutrinação moral. Ele provavelmente adivinhou que não escreveria mais nada melhor que *Guerra e Paz* e *Ana Karênina*, **no gênero anterior**, no estilo anterior.

Aqui se oculta uma idéia muito ousada: de que a passagem de Tolstói aos contos populares e à doutrina não era uma crise de sua criação artística em geral, mas uma passagem desde muito tempo preparada de uns "procedimentos" utilizados por ele até o fim, para outros. Leôntiev desenvolve sua idéia de tal maneira que ela se torna perfeitamente clara e não atordoa menos que as reminiscências de Górki:

> O essencial de contos tais como *A Vela, Três Anciãos, O que Faz as Pessoas Viver* etc., pelo contrário, refere-se diretamente àquela questão dos **procedimentos externos** (possuindo, por outra parte, uma grande significação interior)... Eu acredito que a última alteração na "maneira" do Conde Tolstói ocorreu até mesmo indepen-

dente da tendência moral de seus pequenos contos, tampouco de uma determinação especial. O **espírito do conteúdo** neles e os próprios enredos poderiam ser até outros. Por exemplo: o princípio religioso poderia manifestar-se neles de maneira bem mais vigorosa do que está expresso agora... Ou, pelo contrário, o conteúdo dessas novelas poderia ser, ocorrendo alguma outra disposição do autor, totalmente amoral, pagão, pecaminoso, sensual etc.... **Para mim, repito, não é importante saber sobre o que escreve atualmente o Conde Tolstói, mas como escreve.** O importante é que o mais genial de nossos realistas, ainda em plena força de suas capacidades, se aborreceu e se enojou com **muitos procedimentos habituais de sua própria escola,** da qual durante muito tempo foi o principal representante.

A questão foi colocada com admirável agudez. A arte foi tomada não segundo a noção tímida e débil de nossos historiadores de literatura, mas em seu sentido real e profundo. A famigerada "dualidade" de Tolstói apagou-se completamente. Em sua *Confissão*, Tolstói é aquele mesmo artista, que decompõe e deforma a sua própria vida espiritual, conforme as leis de sua criação artística. Entende mal de arte e não entende absolutamente Tolstói aquele que pensa que ele pudesse alguma vez "deixar de ser" artista. Aqui não se trata absolutamente de "psicologia" e nem da "realidade" ou da vida social russa. A "dualidade" de Tolstói não é o reflexo de sua natureza, como uma sua singularidade pessoal, mas um ato superior da sua personalidade criadora. Com esta decomposição da vida espiritual, com sua complexa simplificação, que veio substituir a complexidade já então simplificada do estilo romântico, Tolstói estava salvando a arte. Isto começou ainda na primeira adolescência, quando em seus diários juvenis ele decompunha implacavelmente cada movimento do espírito em partes e lhe dava um título segundo o sistema Franklin das debilidades. O sutil Apolon Grigóriev[3], já pelos primeiros contos de Tolstói,

3. O poeta e crítico Apolon Grigóriev (1822-1864).

observava que ele "colocou para si como problema, até com certa coação, expulsar o musicalmente inapreensível na vida, no mundo moral, na arte". Isto sobressaía claramente sobre o fundo dos cânones românticos. Depois esta mesma decomposição da vida espiritual, que alcançou o limite máximo em *Guerra e Paz* e *Ana Karênina*, foi canonizada, conforme aponta Leôntiev.

A arte para Tolstói não era uma profissão nem um consolo, mas uma ocupação orgânica. **Ele se tornou "moralista" somente porque era um artista. Ele não sofreu uma crise, mas a própria arte.** O mesmo problema se colocou para Niekrassov, para Dostoiévski. **Era preciso suprepujar o princípio turgunieviano. Era preciso solucionar novamente o problema complexo da relação entre a vida e a arte. Era preciso criar uma nova forma de apreensão artística.** A arte não é "esteticismo", mas também não é "reflexo". A forma não é invólucro, nem recurso. Tolstói sentia isso profundamente, quando falava da literatura russa da época de Púchkin:

Eu penso que naquele tempo ainda se elaborava a arte, era necessário elaborar uma forma — a forma não se dava como algo acabado, que pudesse muito facilmente ser efetivado pelos recursos exteriores, pelos procedimentos firmados e acessíveis a todos... Mas a arte que começou entre nós naquele tempo, elaborou uma forma, tornou-a acessível a todos e agora se decompõe.

Ou quando insistia em que

são necessárias pessoas que mostrassem a falta de sentido da busca de pensamentos isolados na obra artística e constantemente orientassem os leitores **naquele labirinto infinito de encadeamentos em que consiste a essência da arte**, e por aquelas leis que servem de base para esses encadeamentos.

Aqui está indicado o problema do trabalho com a obra de Tolstói, cuja realização ainda está pela frente. O livro de Leôntiev deve ser considerado como uma primeira tentativa.

(1919)

3. SOBRE AS CRISES DE LEÃO TOLSTÓI

Boris Eichenbaum

Tolstói se iniciou aniquilando a poética romântica, como um destruidor dos cânones estabelecidos. Ele muda o material, os procedimentos, a forma. Em lugar do refinado estilo metafórico, em lugar da ênfase, da sintaxe musical, a frase simples, mas difícil e quase desajeitada. Em lugar da torrente confusa dos sentimentos e das paisagens emocionalmente matizadas, descrições miúdas de detalhes, a decomposição e a desestratificação da vida espiritual. Em lugar da temática, o paralelismo de algumas linhas, somente encadeadas, mas não entrelaçadas.

Bem desde o início da carreira literária de Tolstói percebe-se o fundo da arte romântica em decomposição. Deixando para trás os pais ele retorna aos avós, ao século XVIII. Seus mestres e inspiradores são Sterne, Rousseau, Bernardin de Saint-Pièrre, Franklin, Buffon, Goldsmith. *Infância* reflete a influência de Topffer, educado na tradição do século XVII, nos contos sobre Sebastopol, Tolstói segue a trilha de Sthendal — "último adventício do século XVIII". A luta contra os clichês românticos define muita coisa em Tolstói. O "realismo" é unicamente a motivação desta luta. É o lema, repetido permanentemente pela mudança de escola e que modifica continuamente o seu próprio sentido. Tolstói quer escrever de maneira diferente de seus pais. Já nos primeiros diários caçoa das paisagens românticas:

> Dizem que olhando a bela natureza, vêm pensamentos sobre a grandeza de Deus e a insignificância dos homens; vêem na água a imagem da amada, outros dizem que as montanhas pareciam dizer isto e mais aquilo, e as folhas também e que as árvores convidavam para alguma parte. Como se pode ter semelhante idéia? É preciso esforçar-se muito para entranhar na cabeça tais disparates.

E Tolstói estraçalha coerentemente os clichês românticos. Rebaixam-se e parodiam-se as imagens dos valentões românticos, criados à maneira de Marlínski[1] e Lérmontov[2]. Rebaixa-se o tradicional Cáucaso "poético":

> Todos na Rússia imaginam o Cáucaso como grandioso, com as eternas geleiras virgens, com as torrentes impetuosas, com os punhais, com as capas, com as circassianas, tudo isto é algo terrível, e na realidade nisso não há nada de alegre. Se eles soubessem, pelo menos, que nunca visitamos as geleiras virgens, e certamente não há nada de alegre em visitá-las, e que o Cáucaso se divide nos governos de: Stavrópolsk e Tiflis etc. (*A Derrubada*).

Interessante é que sobre o próprio "poético" — sobre o amor — Tolstói se cala durante muito tempo e os críticos aguardam com impaciência, que ele escreva um romance de amor. Eis que surge afinal o romance *Felicidade Conjugal*. Entretanto o herói, um homem já entrado em anos, não quer declarar o amor da maneira como se costuma nos romances:

---

1. O romancista A. A. Biestujev-Marlínski (1797-1837).
2. O poeta M. I. Lérmontov (1814-1841).

Quando eu leio romances, diz ele, sempre imagino como deve estar preocupado o rosto do Tenente Striélski ou de Alfredo, quando ele diz: "Eu te amo, Leonor!" e pensa que de repente ocorrerá algo inusitado; e nada acontece nem a ela nem a ele, sempre os mesmos olhos e o mesmo nariz, e tudo sempre o mesmo.

O casamento em lugar de desfecho (como é costume nos romances de amor) serve aqui de enfeixe. É um desvio intencional. V. Lazúrski cita em suas *Memórias* (Moscou, 1911, p. 7) as palavras de Tolstói de que "aqueles que terminam os romances com um casamento, como se isto fosse tão bom que até não se precisaria escrever mais nada, dizem, na realidade, os maiores disparates".

Tolstói recusa o próprio gênero da novela romântica — como o herói central e o tema amoroso. Ele tende para as grandes formas, tudo até *Guerra e Paz* constitui somente estudos preparatórios, que elaboram determinadas situações, determinadas cenas, determinados procedimentos. Depois de esgotar nas grandes formas os seus procedimentos de "miudeza", ele passa a novas formas — aos contos populares. Estes dois momentos de sua criação são acompanhados de crises tempestuosas. Até agora considera-se que depois de *Confissão* Tolstói se tornou moralista.

Isto não é exato. As crises acompanham toda a criação de Tolstói. E isto não é, de modo algum, uma particularidade de sua natureza. A própria arte sofria estas crises. Estava superada a poética romântica. Era preciso que a arte olhasse de modo novo para a vida, para se justificar. Desde o início Tolstói interrompe seu trabalho artístico com planos completamente estranhos: este fundo lhe é indispensável. Já em 1855, Tolstói chega à idéia "grandiosa, imensa", à realização da qual ele está pronto a dedicar toda a sua vida — a idéia da fundação de uma "religião, correspondente à evolução da humanidade, religião de Cristo, mas depurada de fé e de mistérios".

O verdadeiro fundamento de todas essas crises de Tolstói é a busca de novas formas artísticas e de sua justificação. Por isto a *Confissão* é seguida pelo tratado sobre arte, no qual Tolstói trabalhou durante quinze anos. Este tratado foi preparado por outra crise, que esquecem injustamente, quando falam da "virada" dos anos setenta: é a crise dos anos sessenta. Esta crise se intensifica já no fim da década de cinqüenta, quando Tolstói surge entre os literatos de Petersburgo. Ele confunde a todos com seus paradoxos abruptos, com sua intolerância. Não aceita nenhum cânone, nenhuma autoridade. Drujínin torna-se, por um tempo, seu guia e cuida de que Tolstói "riscasse às dezenas" as palavras **que**, **qual** e **isto**. Mas decorrem alguns anos e Tolstói realiza um salto fantástico, espantoso, da literatura à pedagogia, dos escritores de Petersburgo aos Fiedka e Siomka[3]. Parecia, aos amigos, que Tolstói havia abandonado a literatura. Drujínin, aflito, esforça-se para persuadi-lo:

> Todo escritor tem momentos de dúvida e descontentamento consigo mesmo, e, por mais forte que seja este sentimento, ninguém ainda, por causa dele, cessou de ter ligação com a literatura e cada um escreveu até o fim.

Na realidade o trabalho da escola surgira sobre a base de buscas artísticas profundamente ocultas. Como que inesperadamente para si mesmo, Tolstói transforma-se de professor em experimentador. Um artigo seu "Quem deve aprender a escrever: as crianças camponesas conosco ou nós com as crianças camponesas?" (1862) constitui um panfleto artístico não menos significativo do que o futuro tratado sobre

---

3. Diminutivos tipicamente camponeses dos nomes Fiódor e Semión, respectivamente. Correspondem a crianças camponesas cujas composições Tolstói publicou.

a arte. Tolstói contrapõe os escritos de Fiedka e Siomka a toda a literatura russa, não encontrando nela nada parecido. Entusiasma-se com os detalhes artísticos, que eles gravam com a palavra. Está sacudido pela força destas criações primitivas que não se apoiava em quaisquer tradições.

Aqui está esboçada a futura passagem de Tolstói ao primitivo. Em vez de temas, Tolstói dava provérbios aos alunos, que serviam como que risco de um bordado para o encadeamento dos pormenores num ornamento simples e claro. Neste tempo o próprio Tolstói já sonha com estes mesmos primitivismos. "Entre os sonhos irrealizados sempre se me apresenta uma série não sei se de novelas ou quadros, escritos à base de provérbios." A passagem para um primitivo intencional foi fixada definitivamente mais tarde no tratado *O Que é a Arte?* Aqui Tolstói subleva-se justamente contra aquelas "miudezas", aqueles pormenores pelos quais os seus críticos o censuraram tanto em outros tempos, chamando este procedimento de imitação.

Na arte vocabular o procedimento da imitação consiste em descrever até os menores detalhes, o aspecto do rosto, da roupa, os gestos, os sons, a colocação das personagens, com todas as casualidades que ocorrem na vida... Retire os detalhes de um dos melhores romances de nosso tempo e o que sobrará?

Ele é atraído pelo "domínio da arte infantil popular", que não era considerado objeto digno da arte: brincadeiras, provérbios, adivinhas, canções, danças, diversões infantis, imitações. É característico que tais primitivismos se apresentem para ele muito mais como um problema difícil da arte, do que um poema em versos do tempo de Cleópatra, um quadro de Nero queimando Roma, uma sinfonia no estilo de Brahms e Richard Strauss ou uma ópera no estilo wagneriano. Tolstói sente intensamente a impossibilidade de aproveitar-se do tradicional material "poético": donzelas, guerreiros, pastores, ermitãos, anjos, diabos de todas as formas, luar, tormentas, montanhas, o mar, abismos, flores, cabelos compridos, leões, o cordeiro, o pombo, o rouxinol, eis os clichês por ele enumerados, que se consideram poéticos porque "os artistas anteriores os utilizaram mais que a outros em suas obras". Não é surpreendente que aos romances de Zola, Burget, Huyssmans "com os enredos mais emocionantes", ele oponha o conto de uma revista infantil, sobre como uma galinha choca e seus pintinhos espalharam a farinha de trigo, preparada por uma pobre viúva para fazer pães de Páscoa, e como ela consolava as crianças com um provérbio: "Pãozinho preto — avô do branco". Mais ainda: opõe à interpretação de Hamlet por Rossi uma descrição do teatro dos vogulos, onde toda a peça consiste na perseguição de caçadores a veados.

Com Tolstói dá-se o marco da crise da prosa literária russa. Não é por acaso que depois dele chega um novo florescer da poesia, em que donzelas, tempestades, lugar, o mar, flores e rouxinóis foram submetidos a nova poetização. Tolstói é o destruidor e o concludente. Mas não será a ele que nós voltaremos sempre na busca de uma arte nova, "não-poética"?

(1920)

COLEÇÃO ELOS

1. *Estrutura e Problemas da Obra Literária*, Anatol Rosenfeld.
2. *O Prazer do Texto*, Roland Barthes.
3. *Mistificações Literárias: "Os Protocolos dos Sábios de Sião"*, Anatol Rosenfeld.
4. *Poder, Sexo e Letras na República Velha*, Sergio Miceli.
5. *Do Grotesco e do Sublime*, Victor Hugo (Trad. e Notas de Célia Berrettini).
6. *Ruptura dos Gêneros na Literatura Latino-Americana*, Haroldo de Campos.
7. *Lévi-Strauss ou o Novo Festim de Esopo*, Octavio Paz.
8. *Comércio e Relações Internacionais*, Celso Lafer.
9. *Guia Histórico da Literatura Hebraica*, J. Guinsburg.
10. *O Cenário no Avesso*, Sábato Magaldi.
11. *O Pequeno Exército Paulista*, Dalmo de Abreu Dallari.
12. *Projeções: Rússia/Brasil/Itália*, Boris Schaniderman.
13. *Marcel Duchamp ou o Castelo da Pureza*, Octavio Paz.
14. *Os Mitos Amazônicos da Tartaruga*, Charles Frederik Hartt (Trad. e Notas de Luís da Câmara Cascudo).
15. *Galut*, Itzhack Baer.
16. *Lenin: Capitalismo de Estado e Burocracia*, L. M. Rodrigues e O. de Flore.
17. *Círculo Lingüístico de Praga*, Org. J. Guinsburg.
18. *O Texto Estranho*, Lucrécia D'Aléssio Ferrara.
19. *O Desencantamento do Mundo*, Pierre Bourdieu.
20. *Teorias da Administração de Empresas*, Carlos Daniel Coradi.
21. *Duas Leituras Semióticas*, Eduardo Peñuela Cañizal.
22. *Em Busca das Linguagens Perdidas*, Anita Salmoni.
23. *A Linguagem de Beckett*, Célia Berrettini.
24. *Política e Jornalismo*, José Eduardo Faria.
25. *Idéia do Teatro*, José Ortega y Gasset.
26. *Oswald Canibal*, Benedito Nunes.
27. *Mário de Andrade/Borges*, Emir Rodríguez Monegal.
28. *Política e Estruturalismo em Israel*, Ziva Ben-Porat e Benjamin Hrushovski.
29. *A Prosa Vanguardista na Literatura Brasileira: Oswald de Andrade*, Kenneth D. Jackson.
30. *Estruturalismo: Russos x Franceses*, N. I. Balachov.
31. *O Problema Ocupacional: Implicações Regionais e Urbanas*, Anita Kon.

32. *Relações Literárias e Culturais entre Rússia e Brasil*, Leonid A. Shur.
33. *Jornalismo e Participação*, José Eduardo Faria.
34. *A Arte Poética*, Nicolas Boileau-Despreux (Trad. e Notas de Célia Berrettini).
35. *O Romance Experimental e o Naturalismo no Teatro*, Émile Zola (Trad. e Notas de Célia Berrettini e Italo Caroni).
36. *Duas Farsas: O Embrião do Teatro de Molière*, Célia Berrettini.
37. *A Propósito da Literariedade*, Inês Oseki-Dépré.
38. *Ensaios sobre a Liberdade*, Celso Lafer.
39. *Leão Tolstói*, Máximo Gorki (Trad. de Rubens Pereira dos Santos).
40. *Administração de Empresas: O Comportamento Humano*, Carlos Daniel Coradi.

impresso na
planimpress gráfica e editora
rua anhaia, 247 - s.p.